无疆的文学

世界的音符

尚书房

走向世界的中国作家

金手镯

刘益善 著

CHINESE WRITERS
WITH WORLDWIDE INFLUENCE

文化发展出版社
Cultural Development Press

图书在版编目（CIP）数据

金手镯/刘益善著．—北京 ：文化发展出版社，2016.9（2019.7重印）
ISBN 978-7-5142-1421-5

Ⅰ．①金… Ⅱ．①刘… Ⅲ．①中篇小说－小说集－中国－当代
Ⅳ．①I247.5

中国版本图书馆CIP数据核字(2016)第164833号

金手镯

刘益善/著

出 版 人：赵鹏飞
总 策 划：尚振山　曹振中
责任编辑：孙　烨
责任校对：郭　平　　**责任印制**：杨　骏
责任设计：侯　铮　　**排版设计**：麒麟传媒

出版发行：文化发展出版社（北京市翠微路2号　邮编：100036）
网　　址：www.wenhuafazhan.com
经　　销：各地新华书店
印　　刷：三河市金元印装有限公司
开　　本：889mm×1194mm　1/32
字　　数：145千字
印　　张：8
印　　次：2016年9月第1版　2019年7月第3次印刷
定　　价：49.80元
I S B N ：978-7-5142-1421-5

◆ 如发现任何质量问题请与我社发行部联系。发行部电话：010-88275710

编委会

野　莽：中国作家，编辑家，出版家。作品被翻译成英、法、日、俄等国文字。国外出版有法文版小说集《开电梯的女人》等多部作品。主编有中、英文版“中国文学宝库”（50卷），中文版“中国作家档案书系”（30卷，与雷达），“中国当代长篇小说评点绘画本丛书”（15卷）及“中国当代精品文库”等大型丛书数百种。

安博兰：（Geneviève Imbot-Bichet），法国汉学家，汉法文学翻译家，出版家。法国Éditions Bleu de Chine创始人。早年于台湾学习汉语，曾在法国驻华使馆（北京）任职。现为法国珈利玛出版社（Gallimard）中国蓝丛书负责人，法国“中国之家”文化顾问。曾翻译出版了大量中国作家的作品，其中最具影响力的有荣获法国三大文学奖之一——费米纳（Fémina）外国文学奖的《废都》。

吕　华：中国翻译家。曾任中央编译局中央文献翻译部法文处处长，中国外文局中国文学出版社副总编辑，中译法最终审稿、定稿人。对外翻译过三任国家领导人的文集。文学翻译有法文版长篇小说《带灯》以及大量中国当代作家如汪曾祺、陆文夫、贾平凹、韩少功、陈建功、刘恒、莫言、阎连科、周大新、王安忆、铁凝、方方等的代表作。

贾平凹：中国作家，书法家，画家。中国茅盾文学奖、费米纳文学奖、法国政府奖、美国美孚飞马文学奖获得者。作品被翻译成英、法、德、意、西、捷、俄、日、韩、越等二十多种文字。在国外产生影响的有英文版长篇小说《浮躁》，法文版长篇小说《废都》《土门》《古炉》等。

周大新：中国作家。中国茅盾文学奖获得者。作品被翻译成英、法、德、朝、捷等十多种文字。国外出版有法文版长篇小说《向上的台阶》等多部作品。由其短篇小说《香魂塘畔的香油坊》改编的电影《香魂女》获柏林国际电影节金熊奖。

尚振山：尚书房图书出版品牌创始人。出版有“中国名家随笔丛书”、“中国文学排行榜丛书”、“中国小小说名家档案”（100卷）等。

不仅是为了纪念

——“走向世界的中国作家”文库总序

野 莽

尚书房请我主编这套大型文库，在一切都已商业化的今天，真正的文学不再具有20世纪80年代的神话般的魅力，所有以经济利益为目标的文化团队与个体，已经像日光灯下的脱衣舞者表演到了最后，无须让好看的羽衣霓裳做任何的掩饰，因为再好看的东西也莫过于货币的图案。所谓的文学书籍虽然也仍在零星地出版着，却多半只是在文学的旗帜下，以新奇重大的事件冠以惊心动魄的书名，摆在书店的入口处引诱对文学一知半解的人。尚书房的出现让我惊讶，我怀疑这是一群疯子，要不就是吃错药由聪明人变成了傻瓜，不曾看透今日的文化国情，放着赚钱的生意不做，却来费力不讨好地搭盖这座声称走向世界的文库。

但是尚书房执意要这么做，这叫我也没有办法，在答应这事之前我必须看清他们的全部面目，绝无功利之心的传说我不会相信。最终我算是明白了他们与上述出版人在某些方面确有不同，私欲固然是有的，譬如发誓要成为不入俗流的出版家，把同行们往往排列第二的追求打破秩序放在首位，尝试着出版一套既是典藏也是桥梁的书，为此已准备好了经受些许财经的风险。我告诉他们，风险不止于此，出版者还得准备接受来自作者的误会，这计划在实施的过程中不免会遇到一些未曾预料的问题。由于主办方的不同，相同的一件事如果让政府和作协来做，不知道会容易多少倍。

事实上接受这项工作对我而言，简单得就好比将多年前已备好的课复诵一遍，依照尚书房的原始设计，一是把新时期以来中国作家被翻译到国外的，重要和发生影响的长篇以下的小说，以母语的形式再次集中出版，作为中国当代文学的经典收藏；二是精选这些作家尚未出境的新作，出版之后推荐给国外的翻译家和出版家。入选作家的年龄不限，年代不限，在国内文学圈中的排名不限，作品的风格和流派不限，陆续而分期分批地进入文库，每位作者的每本单集容量为二至三个中篇，或十个左右短篇。就我过去的阅读积累，我可以闭上眼睛念出一大片在国内外已被认知的作品和它们的作者的名字，以及这些作者还未被翻译的21世纪的新作。

有了这个文库，除去为国内的文学读者提供怀旧、收藏和跟踪阅读的机会，也的确还能为世界文学的交流起到一定的媒介作用，尤其国外的翻译出版者，可以省去很多在汪洋大海中盲目打捞的精力和时间。为此我向这个大型文库的编委会提议，在编辑出版家外增加国内的著名作家、著名翻译家，以及国外的汉学家、翻译家和出版家，希望大家共同关心和参与文库的遴选工作，荟萃各方专家的智慧，尽可能少地遗漏一些重要的作家和作品，这方法自然比所谓的慧眼独具要科学和公正得多。

当然遗漏总会有的，但那或许是因为其他障碍所致，譬如出版社的版权专有，作家的版税标准，等等。为了实现文库的预期目的，那些障碍在全书的编辑出版过程中，尚书房会力所能及地逐步解决，在此我对他们的倾情付出表示敬意。

2016 年 5 月 7 日写于竹影居

目录

向阳湖

第一章

一九六八年元旦过后的第二天，生产队长韩痢痢从公社开完会回来，当晚就召集全队社员开会。

积极分子老矮端只花瓷碗蹲在门口喝粥，韩队长经过门口丢下句话：

“老矮快点喝完，通知男女社员到会计屋里开会，每人记三分工。四类分子不参加，子弟可以参加！”

老矮忙着答应：“好的！”进屋放下碗，出门时，韩队长已经披着棉衣走了。

于是，小湾生产队的夜空里响起了老矮那略有些嘶哑的叫声：

“男女社员注意了，快点到会计童吉喘屋里开会，每人记三分工，四类分子子弟也要参加!”

老矮省掉了四类分子不参加的话。正在吃夜饭的小湾人听到老矮的声音，觉得那声音有些苍凉。

我跟几个半大小伙子最早到会计屋里。会计童吉喘的一家正在厨房里吃饭。

堂屋的火塘边，队长韩癞痢正坐着抽烟。

我们跟队长打了招呼，就围到桌子边玩起了扑克牌。

扑克牌是我从老矮那里拿过来的，已经烂得软塌塌的，又黑又脏。小湾的男女社员们陆陆续续地来了，男的就和韩队长一起，围着火塘坐，抽叶子烟。女的聚在吊着的电灯下，从怀里掏出鞋底子纳起来，嘴里还搭着话。

屋子里立即就有很重的土烟叶子的辣味。

小湾的男女社员不到二十人，除两个富农分子外，在老矮的呼叫下，都来齐了。会计童吉喘和他媳妇也从厨房里出来了。

老矮从屋外进来，说：“队长，都喊了!”说完，找个空地方蹲下来。

正在电灯下女人堆中纳鞋底的桂桂，用眼角瞟了一眼蹲着的老矮，看到老矮正在擦汗。老矮沿着村子跑了两圈。

队长韩癞痢咳嗽了一声，磕掉了烟锅里的烟灰，说：

“你们玩牌的收起来，开会了!”

我就立刻收了扑克，理齐。我们玩百分，我赢了。

“我们开个社员大会，这个会很重要。”韩队长把咳在喉咙里的痰吐进了火塘，说起了今晚开会的内容。

“中央布置下来了战略任务，要在咸宁向阳湖做干校。向阳湖我和会计那年买竹子时去过，那湖大得没有个章程。现在呢，要在湖边筑土围子，叫作围垦，围住大片的湖滩做田。现在是冬季，正好围的时候。”

“那怕能围出几千亩田来，那湖大呢!”会计童吉喘插言。

“这是个战略任务，咸宁地区九个县，十几万人要去挖土围垦，各县成立民兵师，各区成立民兵团，公社民兵营，大队民兵连，生产队民兵排。我们小湾出四个人，叫民兵排，我们队人少地少，去的人也少。”韩队长顿了顿，点着了一锅烟。

“四个人连个班都不是，还叫排?”从部队复员回来的泽林嘟噜了一句。

积极分子老矮蹲在地上听得很起劲，眼睛亮亮的，这可是个光荣任务哩，一定要去，老矮心里想。

老矮正积极要求入团。我帮他写了份很长的入团申请书。老矮被大队通知去参加过两次要求入团的积极分子会。

队长韩瘌痢吸了口烟，接着说:

“这次任务很艰巨，也很光荣。去的人，工分照家里头等劳力记，每天由工程指挥部补助八角钱，除了吃菜，我算了算，还可以落五角钱。任务分到了排，必须在过大年前完成，还有一个半月。粮食和柴草由各县指挥部统一运送，我们自己可以不操心。”队长又停下来抽烟。

老矮已经完全地听进去了。他在谋划，一天五角钱，一个半月能攒下二十多块钱呢，过年时能买点好东西。

韩队长接着说：“我们队去这么四个人。”他从口袋里掏出张纸片来，凑在眼睛前边看了看。

老矮的眼睛紧紧盯着队长手上的纸，他想这纸上的名字一定有他。

我和几个半大小伙子也盯着队长手上的纸片。我们这些十七八岁的半大小伙子，对出外做民工修水库的事很有兴趣。外出虽然苦些累些，但人多，好玩，一年四季待在小湾里，闷得慌。有这种外出机会，大家都想去。

韩队长把眼睛从纸片上抬起来，宣布道：“泽林去一个，他是复员军人，当我们小湾的排长；山娃去一个，他是初中毕业生，可以当宣传员。这次上面要求每个排配个宣传员，加强工地宣传。”韩队长说着，望了我一眼。

我立刻感到有好几双羡慕的眼睛望着我。没说的，我满意极了。

“桂桂去一个，负责做饭当炊事员。大旺去一个。”队长宣布完了名单，望了望大旺，大旺就微低了头。

老矮蹲在地上呆了般，眼光暗淡下来，头也耷拉了。

桂桂停了纳鞋底子，望了望垂头丧气的老矮。

队长韩癞痢宣布散会。老矮眼泪汪汪地第一个离开了会场。

开完会回家，我抑制不住兴奋，哼着毛主席语录歌《下定决心》的曲子，猫在我的小屋里找两本书，好带到向阳湖去。

从县一中回乡时，我捞了一摞没有封皮的书提回来，这些书是造反派们从图书馆里偷出来读完后扔掉的，这些书伴我度过了许多个乡下寂寞的夜晚。

我爹和我妈都参加了社员会，妈回家后就开始为我清衣服，好像我明天一早就要走似的。

队长韩癞痢告诉我们，准备两天，元月五日出发。

我爹不管我的事，他大概又跟会计童吉喘他们玩牌去了。队长韩癞痢和大旺也是一伙的，都喜欢玩牌，赌点钱。

这时候老矮来了，和我妈打了招呼，就一头钻到我的小屋里，唉声叹气。

老矮其实不矮，一米六八的个头，大眼睛，皮肤黑，壮实，憨厚。我们上小学时同过学，我上二年级时，他已读过三个二年级。后来就回到生产队当社员。

我跟老矮关系不错，他这人实在，待人真心眼。

老矮说："山娃，我要像你这样，有个初中毕业的文化，这回我也能去了，泽林做领导，桂桂当炊事员，我也不能比，可大旺能去，我为什么就不能去呢？他妈的，韩瘌痢欺负人，平时叫我为他跑路多干活，有好事时就把我扔到一边，真他妈气人！"

我立时收了高兴的模样，说："也是的，你的条件跟大旺差不多，而且你比他表现好，在队里劳动积极，还要求进步，你完全应该去的。"

老矮朝我的小床上一歪："韩瘌痢就要他去，你说怎么办？"他叹了一口长气。

"哎呀，说不定不是什么好事的，是很苦的活路呀！要不我跟你换。"我安慰老矮说。

"我肯定是不能跟你换的，你有文化要当宣传员，我当不了。活路是很苦的，这我晓得。可是我去了，能省下些粮食呀，能省二十多块钱呢！我早就想买点什么送给桂桂，就是没有钱呀。这次桂桂也去了，这是个机会。"老矮说。

老矮娘前几年得大肚子病死了，老矮跟他的喉包爹一起过日子。喉包爹一到冬天就犯气喘病，乡下人叫喉包病。

喉包爹和老矮饭量大，父子俩的粮食总不够吃。

老矮跟我说过，他喜欢桂桂，桂桂对他似乎也有点意思，只是态度不明朗。

老矮又说：“泽林也没说媳妇哩，别看他老实样，可人家毕竟当过几年兵，还穿黄衣服哩！”

我明白老矮的另一层意思了，他还不放心桂桂和泽林在一起哩。我笑了笑，很同情地给他出主意：

“要不你去跟大旺商量商量，要是大旺能和你换一下，你去，和桂桂在一起，有了加深感情的机会，说不定能成！”

老矮立时从我的小床上直起身子，说：“你说能成么？要是大旺不答应怎么办？”

“那你就多说两句好话，求他帮帮忙还不成么！”

老矮沉吟了半刻，说：“对，去试试，现在就去说。”

老矮换了个模样，跳起身，出了我的小屋，在堂屋和我妈告了别，找大旺去了。

我在小屋继续哼《下定决心》的曲子，选了两本没有封面的厚本子小说，一本《林海雪原》，一本《野火春风斗古城》。

第二天是个晴天，泽林得到通知，去大队开赴向阳湖围垦的各生产队领队会，我们照样出工干活。

我跟着社员挑土粪送到冬麦田里。

老矮挑着满满的两筐土粪，吭哧吭哧地大步走过来，走在我的身后。他干劲十足，头上直冒热气。

老矮在我身后说："山娃，问题解决了，大旺和韩队长都同意换我去了，后天我们一起走。你可要帮助我呀！"

我说："哎呀，那真不错呀，祝你成功老矮！"

"好说！"老矮答应了一声，几步就跨到我前面去了。

这天，老矮干活特别卖劲，真不愧是积极分子。

泽林从大队开会回来，晚上召集老矮、桂桂和我开会。

泽林说，大队布置，各生产队的民工自己走，大队不集中了，六日赶到咸宁甘棠镇就行了，公社的营部设在那儿。泽林还说，到甘棠镇有两种走法，一种是从金口镇乘汽车到县城，再从县城乘火车到咸宁；一种是从金口镇乘船到武昌，再从武昌乘火车到咸宁。从咸宁到甘棠镇步行。

"我们怎么个走法？"泽林问大家。

桂桂望望泽林，望望老矮，不知怎么回答。桂桂没出过远门，说不上来。

老矮出门去做过多次民工。老矮说："从武昌走！"

泽林说："那就得多花几个小时！"

老矮说："但可以节省八角钱的车费，你算过吗！"

我很佩服老矮的算计能力，同意从武昌这条路线走。

元月四日这一天，老矮一早就去了金口镇上，到中午才回来。

桂桂家和我家是邻居。中午，桂桂端了饭碗到我家，把我叫到我的小屋里。桂桂说：

“你晓得老矮今天到金口干什么去了？你晓得韩队长和大旺为什么同意换老矮去向阳湖么？”

我望着桂桂有些涨红的圆脸，摇了摇头，说：

“我闹不清楚！”

“黑了良心的东西！大旺跟队长赌博，输了队长十二块钱，大旺还不起，队长就让大旺去围垦，攒钱回来还赌账。老矮找大旺，让大旺换他去向阳湖，大旺说只要还了队长的十二块钱的赌账就成。老矮今天到金口把家里的糙子猪卖了，交了十二块钱给大旺。”桂桂一口气说完了原委。

我惊讶得不禁噤了声，心里在说：老矮呀老矮，你这又是何必呢？但看看面前正往口里扒饭的桂桂，觉得老矮这样做，也许值得。

我们背着扛着挑着棉被、铁锹、扁担和一些必需品，一早就离开了小湾朝金口镇进发。队长韩瘌痢，会计童吉喘以及泽林、桂桂和我们家里人，把我们送到村头。老矮的喉包爹没能来。

我妈逐一托付泽林、桂桂和老矮说：“你们多照顾山娃子！”

老矮挑着桂桂和他自己的行李，仰起头说：

“放心吧，婶子，有我在呢!”老矮那口气很自信。

小湾走到金口镇，有十五里路。我们四人兴高采烈地上了路，把小湾丢在了脑后。

老矮给桂桂讲了一个故事，讲得桂桂咯咯咯笑弯了腰。

泽林不大说话，背着捆得方方正正的黄军被，扛一把大铁锹，步子迈得大大的，陪着桂桂笑两声。

我们赶上了金口镇九点开往武昌的船。

这是在长江里跑短途的一种简陋的小轮船。底舱里不怎么透气，人多，闷得慌，箩筐担子多，空气混沌。二层倒是空气流通，但周围只遮圈油布，冷风不断地灌进来，也不舒服。

船小人多，不论底层和二层，都被人挤得满满的。

泽林和老矮先抢上了二层，占住了一排能坐四个人的坐椅。桂桂被人挤着退了几步，我就在后面帮助桂桂上了船。泽林和老矮在二层喊叫我们快点。

终于安顿下来了，行李堆作一堆，四个人都有座位，比起站在船舷边的那些人来，我们够舒服的了。

汽笛吼了一声，桂桂吓得一跳，引得我们三个人哈哈笑了起来，笑得桂桂扬起小拳头直擂老矮。

船开了，船头犁起长江一簇簇浪花，朝武汉方向疾驶。

这时我们才发现，船上没见我们大队向阳湖围垦的其他民工，他们肯定是下午乘汽车到县城走了。

泽林掏出烟锅抽起烟来。

桂桂说："泽林哥，你怎么一回来，就把乡里男人们的样儿都学到了，抽什么抽，辣死人了。"

泽林笑笑："我本来就是乡里的男人嘛！"

老矮说："泽林，你怎么搞的，当兵一次不容易，你怎么去养了三年猪，真划不来。"

泽林尴尬地笑了笑，有点不好意思，我忙岔开，说：

"这当兵干什么，是自己能决定的吗？泽林哥是服从分配！"

我们四个人说说笑笑好热闹。

"哎——"突然，我们背后响起了一声拉长的叫喊。

我们回过了头。在我们椅子的后排，歪着三个头发蓄得好长，嘴里叼着纸烟的家伙，其中一个用眼睛盯着桂桂的脸蛋，嘴巴歪着，眉毛挤挤。接着这家伙就对着桂桂唱起来：

"搞了个半天不是你，原来是个土克西！"

另两个家伙立刻淫荡地笑起来。

桂桂的脸立刻变得通红，骂了句："流氓！"眼泪出来了。

"牛忙马不忙！"有个家伙接着了桂桂的话。

这是挑衅，看这三个家伙不是好东西。唱的几句词意思很不好，"土克西"是城里人骂乡下人的用语，土老鳖的意思。

这几个狗东西，想占便宜。

就在我和泽林正准备说点什么，而桂桂正在流泪的时候，老矮崩的一下从座位上站起，一拳朝那个唱歌的家伙打去，只听“啪”的一声脆响，那家伙脸上开了花。

三个流里流气的家伙看上去都是十七八岁，这时一起跳起来，围着老矮挥起拳头。老矮身上挨了几下，但没有停止还击。我马上扑上去帮忙。

泽林也上来了，拉住一个家伙，说道：“你们干什么？不许打人！”

被拉住的家伙照泽林的胸脯擂了一拳，泽林哎哟了一声蹲下了。

桂桂在一边直叫喊：“你们不要打了！”

那个唱歌的家伙朝桂桂扬扬脸，说：“不要急，土妞，我们收拾了他们再来！”

这时，老矮一下子从我们的行李堆中抽出了泽林带的大铁锹。大铁锹口亮闪闪的，刃口锋利。老矮把铁锹拿在手里，用锹板照一个家伙的屁股一拍，叫道：

“你们这几个流氓，是不是还想打？要打，老子今天把你们的瓢儿开了！”

这时我也拿了一把铁锹在手上，站到老矮一边，虎视眈眈地瞪着三个流氓。

三个流氓一下子呆住了，站着都没敢动手。

泽林喊着我和老矮的名字说："别动手，别动手！"

那三个流氓看看占不了什么便宜，就灰溜溜地回到座位上去了。

其中有一个说："好说哥们，到武昌上了码头我们再说！"

老矮说："到了哪里老子都不怕，狗日的活得不耐烦了！"

轮船很快就到了武昌汉阳门码头，有几个好心的乘客提醒我们："上岸了你们防着点，这是武汉的流氓，小心他们报复。"

老矮说："不怕，他们要打，我就拼了！"

老矮把挑着的东西背着，手拿铁锹走在前面。桂桂和泽林走在中间，我提着一把铁锹断后。我们四人排着一列纵队在武汉街头警惕地走着。街上的行人看了稀奇。

我们一直走到武昌火车站，那几个家伙没见露面。

下午，我们从武昌车站上了火车，直奔咸宁向阳湖。

第二章

大队民工连的领队是团支书陈毛子，陈毛子穿双半筒胶靴，扛把铁锹，转到我们的地段，站住了。

陈毛子说："向阳湖围垦工地九县十几万民工，就你们排最小了，四个人。我丑话说在前头咧，到时可不许拖了我们大队的后腿哟!”

刚把一担湿土挑到坝址上倒了转回来的老矮，见了陈毛子，笑容满面，一边放下空箢篼，一边打招呼说：

“陈书记，你放心，我们决不拖后腿的!”

桂桂用锹挖土往箢篼里放，陈毛子也帮忙挖起土来。

桂桂说：“这湖滩太湿了，你看这一担湿土挑到坝上，倒出一半，又粘了一半回来，烦人!”

“这是个问题，大家都这样，很影响进度。老矮，好好干啊，你是要求入团的积极分子，这次围垦，是个机会。”陈毛子对老矮说。

“请陈书记考验我吧!”老矮受到了鼓舞，劲头足得很，挑起两箢篼湿土，飞也似的朝坝上跑去，赤脚踩得湿土夸夸响。

我和泽林挑着空箢篼来了，我们的箢篼里都粘了不少的湿泥，两只空箢篼都有几十斤重，倒又倒不干净。满满一担湿土，挑到坝基上，只能倒出一点来，其余的就又粘回来了。

我跟陈毛子打了个招呼，放下空箢篼，桂桂忙朝箢篼里装土。桂桂也打了双赤脚，裤腿挽到小腿上，露出白皙的一截腿肚来。桂桂负责给我们三个人装土，她脸上红扑扑的，鼻尖上已有细汗粒了。

天还是个阴天，有北风呼呼地刮着。我汗湿了的内衣好冰人。

泽林对陈毛子说：“你能不能帮我们弄一双半筒胶靴来给桂桂穿。这到处是湿泥巴，穿什么鞋都不成，我们都没带胶靴。我们打赤脚可以，总不能叫人家个女孩子成天打赤脚吧，要照顾妇女啵！”

陈毛子一边帮桂桂挖土，一边看了眼桂桂的赤脚，说：“这是个问题，我一定想办法。”陈毛子说完，又转向我说：

“山娃子，我看你们这个排虽只四个人，干劲都不错，你写篇稿子，交给指挥部广播站，让他们播一播。”

陈毛子扛起锹，又转到另一个排的地段去了。

我看到桂桂朝泽林多情地看了一眼，泽林却没理会。

我和泽林挑起满满的湿土担子，朝坝基上奔去。

工地上人很多，插满了红旗，湖滩很辽阔很遥远。沿着一道围堤坝址，民工们朝远处散开，到处是黑油毛毡的工棚。每个民工连都插面红旗，都埋着根柱子，柱子上挂只大喇叭。大喇叭里放样板戏，放毛主席语录歌，还播放通知，播放工地上的好人好事。

我听到那广播员的声音很好听。

十几万人都在为着一条大坝奔忙，大家做同一个工作，挖湖滩上的湿土，挑到坝址处，筑一条大坝。用大坝把向阳湖围出一块来，开田种粮办干校。

工地以民工排为单位，分任务。小湾民工排分的一段长四米。所有的坝底都是宽二十米，坝顶宽十六米，坝高四米。我粗略地算了一下，我们四个人要完成任务，筑成这四米长的堤坝，要完成土方二百八十八个。按四十个标准工计算，我们每人每天必须完成一点八方土，不然，我们就会拖了工程的后腿，就不能按时回家过春节。

我们干了三天，天天累得筋疲力尽，可每人每天不到一点五方土。进度慢的原因，就是箢篼粘泥，每担土倒在坝上的有效部分太少。

我写了篇《排小干劲大》的广播稿，投到广播站，被那个好嗓子的广播员播了。我写的是我们这个只有四个人的民工排，领头的泽林带头干，老矮挑多跑得快，桂桂是女中豪杰，不仅做饭而且还和大家一样挖土。我嘛，就没写了。

桂桂说："算了吧山娃，你再莫写这些东西了，完不成土方咋办?"

老矮却说："要写要写。这土方嘛，完得成的，我拼了命也要完成，你们放心。"

我们在工棚里，吃着桂桂煮的饭，菜呢，是干萝卜丝，又没有什么油水。

我们的工棚很小，分里外两间。里间住着桂桂，外间住着我们三个男的。工棚旁边搭了个小间，做厨房。

陈毛子没有食言，果然给桂桂送来了一双半筒的胶靴，女式的，不知他从哪弄到的。

四个人中，我是最不行的了。吃完晚饭，我就倒在地铺上不想动弹，浑身如散了架一般，两个肩膀头火辣辣地疼。

老矮坐到我床头说："伙计，怎么了，不中呀！"

我苦笑，说："肩膀头疼。"

泽林过来，帮我脱了棉衣，翻开我的肩膀看了看，说："好家伙，已经肿了！不过不要紧，用水敷敷，过两天就好！"

桂桂洗完碗筷，端了一盆热水过来，绞了热毛巾，敷在我的肩上。

桂桂像个姐姐一样，大眼睛看着我，问："不要紧吧山娃子，你才从学校出来，娇嫩呢！"

我说："不要紧，很快就好的！桂桂，你行吧？"

桂桂说："我是做惯了的，这有什么不行的！"

晚饭后的广播喇叭里，正在放《下定决心》的曲子。

泽林蹲在工棚门口抽烟，老矮站在泽林旁边，正跟泽林说什么。

夜里下了场小雨，雨点打在工棚的油毛毡顶上发出笃笃的声音。雨夜里，我睡得很香，半夜醒过来一次，感觉身边睡着的老矮在不断地翻身。

我迷迷糊糊地说："老矮，快睡吧！在下雨吗？"我又睡着了。

早晨起来，感觉气温比昨天下降许多，不由得打了个冷战。工棚外的湖滩上积了一层浅水，这样的天气还能干什么？

桂桂已烧好了早饭。我们四人围着一脸盆干萝卜丝，蹲在地上吃起来。泽林闷头喝粥，老矮眼圈上有黑晕，说明他昨夜没睡好。

吃完早饭，泽林说："山娃子，你们休息一天，我和老矮去工地。"

我说："桂桂休息，我跟你们一起去，我是男的。"

桂桂说："不，我们都去，我们要下力，早点完成任务。"

老矮很动情地看着桂桂，桂桂横了老矮一眼。

脱了赤脚，第一步踩在泥水里，我浑身的毫毛都竖起来了，皮肉立即感到刺骨的疼。没有逃避处了，就大胆往泥水里踩吧！立即，双脚麻木了，浑身冰凉得也有一种麻木感。

我看到各民工排的人都是赤脚上工地。

我挑起装得满满的两箢篼泥，朝堤坝上爬。堤坝也初具规模了，现在就是要使它加高筑牢，达到技术要求。

湖滩地更湿更软了，迈第一步，脚就被陷进泥里，再朝前一步，拔起这只脚，另一只脚又陷进泥里。

北风呼呼，棉袄穿在身上，像纸壳壳一般，不起作用。

我看到老矮这时脱了棉袄，只穿一件旧绒衣，腰里系根围巾，挑着一担泥土飞跑起来。老矮的双脚迈得快，脚还没来得及被陷进泥里，就迈开了，他的双脚一次也没被陷进去。

泽林喊："老矮，不要蛮干，你受不了的！"

老矮说："没有事，跑跑就热乎了。"

我受到感染，也加快了脚步。但不行，我发现我的脚步特别的沉，不一会就气喘吁吁了。

倒完了泥，挑着空篼篼，到桂桂跟前，桂桂给我装土，说："山娃，你再给老矮写个表扬稿吧，他做梦都想入团的，像他这样的人，应该让入团，可惜我不是团支部书记。"

我说："一定！老矮这样做不光是为了入团，他是急呀，怕我们任务完不成。他是个好人，桂桂。"

"我晓得！"给我的篼篼装满土，桂桂说。

这一天干得太阳落西，黄昏来临时我们一个个泥一身水一身的。

检查质量的技术员给我们算了算土方，五个，比昨天还少，老矮和泽林只好叹了口气。

泽林也是跑着挑了一天的泥。

区民工团指挥部设在甘棠镇，广播站也在镇子上。

我给广播站写了篇表扬老矮的稿子，广播站没有播出。陈毛子对我说：“他们不会播的，他们觉得我们民工连最差，因为我们民工连的工程进度在全区倒数第一。”

果然，喇叭里那个好听的嗓音连着三次报告全区各民工连的进度，按完成土方数计算，我们这个民工连倒数第一。我们听了，心里很不是滋味。

陈毛子的脸黑了，立即召集各民工排领队人开会。陈毛子在会上叫着：

“我们不是孬种，男人们，怎么办？我们拼命也要甩掉这个倒数第一的帽子，拼命！听见了吗！大家回去传达，没什么新精神，就是要下定决心，拼命也要把土方升上去。”

泽林回来原原本本地传达了陈毛子的话。

老矮说：“拼命吧，人家是人，我们也是人，我就不信拼不过人家！”

桂桂默默地望望老矮，又望望泽林，没有说话。

“那就拼吧，”我说：“这照头等劳力记工，每天补助八角钱，可不是能轻松得到的呀！”

说完，我挑起湿土就冲堤坝上奔去，泽林和老矮也飞跑起来。桂桂一个人装土，累得脸通红。

赤脚踩在湿泥里，正是隆冬季节，任我们再怎么奔跑，我们的脚都是木的，没有感觉。我们迈动的不像是双脚，而像是两只木棍连着的木板板。

咬着牙，挖土挑土倒土。桂桂咬着牙，我咬着牙，老矮咬着牙，泽林也咬着牙。我们咬着牙有时还哼哼，泽林咬着牙，连哼都不哼一声，他真是个老闷。

晚上下工，我们都累得瘫了。可桂桂还要烧火做饭。老矮总是去帮桂桂的忙，泽林和我去帮时，桂桂说："这里容不下，你们先倒些水去洗脚，再把脚焐一焐，然后吃饭。"

我和泽林打了热水，洗了脚。泽林把我的双脚放在他怀里，我把泽林的双脚放在我怀里，我们互相温暖着，直到焐热有了感觉时为止。

老矮的脚，总是由桂桂焐的，老矮不好意思，桂桂说："莫想邪了，这是什么时候呀，焐热了脚早点休息，明天好干活。"老矮就不作声了，任桂桂把他的脚抱在怀里，一动也不动。

我和泽林看到了，觉得很自然。

工程进度还是不快，土方上不去。陈毛子来了，陈毛子对泽林说："加油呀，你这个老闷，你是从解放军这所大学校里出来的，要革命加拼命哪！"

看到老矮，陈毛子说："伙计，拼命，把进度抓上去，做个榜样，我回去就发展你入团。听见没有，伙计！"

老矮没出声，只顾飞快地挑土倒土，跑得呼呼声。

陈毛子也打双赤脚，裤腿挽老高，到各民工排鼓劲，督促拼命干！他巴不得一夜之间，让堤坝矗立起来。

桂桂说：“书记呀，你干脆拿根鞭子抽吧，你看哪个人空了一会，都在拼命呢！就怕拼到最后没什么再拼的了。”

“当然，也要劳逸结合。目前要抢时间，抢在春节前拿下土方工程。区里公社里在用鞭子抽我呢！”陈毛子无可奈何地对桂桂说。说完就走了。

那天夜里，我睡到半夜冻醒了。我们三个人总是挤在一起睡的，湖滩上铺一层油毛毡，油毛毡上铺层稻草，我们就睡在稻草上面。我睡中间，左边是老矮，右边是泽林。泽林睡着了喜欢打点小鼾。平时为了暖和，我总是往老矮睡的左边靠，挤得紧些，就热乎些。

我冻醒了后，就裹着被子朝左边靠，扑了个空。我伸手一摸，老矮被子里没有人，左边的泽林正在打呼噜。

奇怪了，老矮哪里去了呢？我屏息静气地听了听，桂桂在里面睡着，发出均匀的呼吸。老矮不在工棚里。我爬起身，呼叫起来：

“老矮！老矮！”老矮不见了。

泽林和睡在里间的桂桂都醒了。桂桂说：“山娃子，深更半夜的，你喊什么？”

我说：“老矮不见了！”

泽林和桂桂都爬起来了，桂桂点着了马灯，我和泽林穿好了衣服，桂桂蓬着头发，一边在扣衣服一边吃惊地问：“老矮怎么会不在了呢?”

泽林说：“我不晓得呀！老矮没有夜游症吧！”

“没得没得！我出去找他！”桂桂说。桂桂似乎明白老矮现在在哪里，她是很了解老矮的。

工棚外的湖滩漆黑，北风呼啸寒气逼人。

老矮慢慢适应了黑暗，使得眼睛分得清湖滩上被人踩出的小路。老矮挑着一担篼篼，提一把锹，朝工地慢慢地摸索着走去。

到了土塘，老矮把棉袄一脱，一股冷风袭来，老矮打起了哆嗦。老矮把腰里的线围巾一紧，脱了鞋子，用锹挖了一堆土，装在篼篼里，然后挑起来就往坝上跑。

老矮的眼睛越来越适应夜的黑暗了，很快他就如白天一般熟悉了路线。老矮挖土，装土，挑起来跑到堤上倒，倒完了土，往回跑，又挑土装土挑着跑。

老矮一个人干着，跑着，很快就不打哆嗦了。老矮在开始感到冷的时候，嘴里在不停地念着：下定决心，不怕牺牲，排除万难，去争取胜利！下定决心，不怕牺牲，排除万难，去争取胜利！老矮像念经般，嘴里不停地喃喃着。别人说，念了这段毛主席语录，就能克服困难。老矮口里不断地喃喃着，果然身上就发热了，跑得带劲了。

老矮想，多挑几担土吧，我们的任务要完成，完成任务早点回去。老矮想，我多挑一担土，泽林山娃桂桂就少挑一担土。桂桂对我真好呀，每次帮我焐脚，她的手在我的小腿肚子上轻轻揉着，搓着，使麻木的脚快点发热。桂桂真好。泽林这人闷，也好，不偷懒，他好像晓得我跟桂桂好，他并没有要在我们中间插一杠子的意思。山娃子年纪小，刚出校门就跟我们一起拖着，也不简单呢！

哼，这点任务真没什么，偷偷多加几个夜班，这土方还不就上去了。想着，挑着土跑着。“啪”的一响，脚下一滑，老矮摔了一跤。爬起来，摸摸屁股，他妈的，摔痛了。下定决心，不怕牺牲，排除万难，去争取胜利。好了不痛了，再挖土，再装土，再跑。

怎么回事？土塘里有马灯？哎呀，他们几个都来了，泽林、桂桂、山娃，都来了，都挖土都挑起土就朝堤坝上跑。

我和泽林桂桂在土塘里找到老矮时，老矮身上脸上沾着泥巴，挑着湿泥巴土跑得正起劲。

老矮说：“你们来干什么！你们去休息，去睡觉。我是睡不着，失眠，来挑几担土暖和些，真的！你们去睡觉，桂桂，泽林，山娃子，你们去睡，真的。”

我们三个什么都没说，我们在马灯光的照耀下，挖土，挑土，朝堤坝上倒。

寒夜中的向阳湖。没有白天的喧嚣，一盏小小的马灯，发出微弱的光，照着我们四个人在拼命挑土挖土。

第三章

民工连的负责人陈毛子点名要我写篇表扬稿，我写好后交给他，他亲自送到甘棠镇区民工团指挥部的广播站。

我写的《夜半挑灯战湖滩》上午被那个好听的嗓音播出来了，那个嗓音播得很有感情。

桂桂说："山娃，你写得真好，那词用得多好呀！"

老矮挑着担湿泥土追上我说："你把我写得太好了，其实我哪有那么高的境界呢？我只想着完成任务不拖后腿。"

听说陈毛子送去的广播稿被民工团的胡团长压住。胡团长说："你那个民工连进度慢，还能表扬么？"

陈毛子据理力争，说："团长，我们进度慢是因为我们的地段地势低，泥土湿。可是你看看我们的民工，他们自己半夜里起来挑土筑堤，为的是什么？为的是抢进度，早日完成中央下达的任务。团长，这样的先进事迹不表扬，那表扬谁呢？"

陈毛子说动了胡团长，我的表扬稿才得以播出。

我们民工排的事迹一广播，各排都学，半夜爬起来挑土，工地上星火点点，人们没有日夜地干起来。

陈毛子的脸上露出了笑容，民工连的工程进度直线上升，人均土方每天达到二点八方。

泽林和老矮每夜领着桂桂和我，打赤脚流热汗地在土塘里干一阵。泽林叫我们三个休息，说他一个人干；老矮叫我们三个休息，说他一个人干，他有力气。

最终我们四个人谁都不愿去休息，我们都陪着干到半夜，或是半夜起来干到天明。

我们都渴望睡眠，真恨不得能躺下来睡他个三天三夜。我们的疲倦已到了极限，我们的大脑已变得非常简单了，我们想的就只是挖土挑土倒土，从土塘到堤坝上来回奔跑。

二十多天过去了，我们天天干活，冬天打赤脚，泥里水里。我们是民工，为了完成上面交的任务。队长韩瘌痢派我们来说明一条，拿头等劳力的工分还拿八角钱的补助，我们能向谁抱怨呢！

看着一天天朝上升起的堤坝，我的眼窝情不自禁地热了。想想看，眼前这初具规模的长得看不到尽头的大坝，是我们这些民工用泥巴一块一块地垒起来的，而且还将把它垒得更高更大，我的眼窝能不发热吗？

泽林还在不声不响地挖土挑土，老矮也在不停地挖土挑土，桂桂除了为我们做饭的时间外，也扑在土塘里手不空闲，挖土装土。

我们像是一个家庭，我们是一个整体，为了那四米长的堤坝，我们的心都跳在一起了。老矮在睡梦里双脚在不停地动，嘴里在嘟噜着：下定决心，不怕牺牲，排除万难，去争取胜利。

我被吵醒了，把腿伸出被子外，朝他的被子蹬了一脚，他立刻翻身爬起来："好，开始了，我马上来！"我只好笑着骂他："你才睡半小时呢，说梦话，吵醒了我！"

老矮马上倒下去，很快又睡熟了。

从地区到县到区到公社，层层指挥部抓进度催进度，天天催，像催命一样。进度不保证，春节前完成不了土方任务，将影响明春的下一步工程。

层层领导，像催命鬼一样。工地上的喇叭天天叫，胡团长在喇叭里点名骂那些进度慢的民工连。

陈毛子的脸又黑了，眼里都充了血。

陈毛子的民工连虽说日夜干，进度比过去快多了。但是，进度还是慢了，照这样下去，余下的二十天完不成任务。

偏偏老天不长眼，又出事了。

我们民工连所处的地段，确实是全区最低的湖滩。别人的地段，地势高，土干，干起来带劲，挑一担土算一担土，我们的地段，挑一担土只能倒出来半担。

湖滩地势低，而且有一条丈多宽的河沟穿过此地段。堤坝的走向，切断了这条河沟。河沟是干的，填土堵住，没费多少劲。

有河沟的这段堤坝，在我们大队民工连的地段，而河沟这段堤分给了张湾民工排。

张湾民工排来了十多个人，是我们小湾民工排的三倍。

张湾民工排一直是我们民工连的先进，他们的进度快，他们的劳动力确实强。

他们笑话我们小湾民工排只有四个人。“笑人前，落人后!”桂桂对我说。桂桂说这话的当天夜里，下起了淅淅沥沥的雨。这雨一下就没个完，竟然下了三天三夜。

这样的季节下三天的雨，真是少见。工地上不能开工，土塘积满了水，大家就窝在工棚里，不能出来。

湖滩湿透了，我们睡的地铺，能将那稻草抓出一把水来。就在水里住吧，我们无处可逃。

陈毛子嘴上急满了燎泡。

第三天的中午，张湾民工排的地段出了事。堵起的河沟，聚满了浊水，那堤坝是用湿土筑的，还没最后完工，本来就不结实。河沟里的浊水一用劲，那堤坝就哗啦一声倒了。急骤的浊水冲向被围堤围住的湖滩，湖滩上散布着油毛毡的工棚，浊水朝工棚漫去。

一条长蟒般的堤坝被折断了，张湾民工排辛辛苦苦挑来的土被水冲走了。

工地上响起了报警的铜锣声，这铜锣不知是谁带到工地来的，铜锣声响得惊惶而急促。

民工们冒雨从工棚里冲出来，冲向缺口处。

陈毛子在缺口处急得跳脚。

缺口还在扩大，人们站在缺口处不知怎么办才好。

泽林、老矮和我在一起，桂桂把工棚的门关上，也赶来了。

老矮突然跳到口子里叫着："一部分人跟我来，一部分人去抱铺草，用铺草包泥块堵口子。"

泽林也跳进去了，伸手拉住了被冲得趔趄的老矮的膀子。我也跳下去了，几十个人跳下去了，缺口中立时站起了一道人墙，大家手挽手，水头小了。

站在水中的人浑身湿透了。我和大家一起打哆嗦。

陈毛子糊涂了一刹那，经老矮的提醒，立即指挥大家掀铺草打土包，堵口子。

人们奔跑着，土块挖出了，包好了，在缺口两边垒起了。一个小时后，缺口被堵住了，雨也停了。

站在水中的我们，被冻得个半死。

区民工团指挥部送来了一批草袋子。那些被抽了铺草的工棚，领了些草袋子回去垫了睡觉。

老矮泽林和我的衣服都湿透了。我们回到工棚后，都钻了被子。可怜的桂桂一个人为我们三个人烤衣服。

张湾民工排在大家的帮助下，虽说堵住了垮了的地段，堵住了河沟的浊水，但损失了大批的土方，他们干了二十多天，现在又得从湖滩上取土，从头筑起，垒起他们的坝段。张湾人再不笑话我们了，他们很感激老矮。

张湾地段的倒口，使得民工连的土方降了很多，陈毛子的工程进度又是全区倒数第一。

陈毛子坐在工棚里叹气，他似乎已经无能为力了。

区民工团的胡团长骂他，公社民工营的头头来鼓他的劲，他就苦笑笑，说：“干，我拼命干！”

我们大队民工连各排都在拼命干，进度就是上不去。

突然的一天早晨，我们爬起来推开工棚门，眼睛被一种光晃得睁不开。再细看看，漫天漫野一片白，天空还在纷纷扬扬地飘洒着。

好一场大雪。

我们都太劳累了，昨夜也因天气太冷，没人半夜起来加班挖土挑土。一上床，人就睡死过去，老矮的失眠早就无影无踪了。大雪下了这一夜，我们竟然都不知道。

天灰蒙蒙的，鹅毛般的雪花轻巧无声地洒落着，地上积满了半尺深的雪。黝黑的湖滩全铺上银白，修筑了一半的黑色堤坝不见了，只见一条银色的肿龙在雪地上蜿蜒伸展，伸展向远方。

湖滩上散乱的工棚，都是黑乎乎的油毛毡搭盖的，平日看上去，丑陋无比，现在看起来，一只只冰清玉洁，成了雪堆堆，像湖滩上冒出的许多蘑菇。

只有被堵住的河沟，沟边缘盖着雪，沟中的水成了深黑色，冒着袅袅的淡烟般的水汽。

桂桂最先起的床，她推开被雪堵住的工棚门惊叫起了我、老矮和泽林。我们钻出被子时，一阵冷风钻进了窝棚里，我们打了个冷战。

我们一起看到了这场少见的南方大雪。

一切都被盖住了，这样的天气肯定不能开工了。

按说我应该高兴，不能开工就睡觉吧！可没有筑成的堤坝怎么办？那是任务，你不去完成，没有人去帮你完成，它迟早还得叫你去筑好它。

离过旧历年只有半个月了。我有些忧虑。

泽林望着迷蒙的天空，不出声地在扣衣服扣子。

老矮却无可奈何地叹了口气。

桂桂叫起来了："天哪，我们用什么来烧早饭哪？"

我们的柴草剩得很少很少了，团指挥部是应该在这几天发柴草的。粮食也不多了，发粮的日子也到了。

我们剩下的一点柴草，全被大雪压住了。我们还得吃饭哪！

桂桂喊叫完了，老矮一弯腰，钻到雪地里，跑到柴草堆边。柴草只剩下两捆了。老矮用手扒开柴草上的积雪，把柴草扒出来后，就提起两捆柴草钻进工棚。

我和泽林忙接住了。柴草是棉花秆子。我们把被雪浸湿了的一部分挑出来，把干的抱到桂桂正忙活的厨房里。

我们窝棚边的小厨房冒起了炊烟，桂桂烧早饭了。

早饭是大米粥，腌干萝卜丝，老一套。两碗粥喝到肚子里，身上热乎多了。

桂桂收拾完了碗筷，坐到我的铺上来。

雪还在不停地下，桂桂说："要下到什么时候呀我的天，这样下法，我们还回不回去过年？"

泽林没吭声。老矮说："天晴了再狠干几天，年还是要回去过的。我那个喉包爹这几天怕是又要犯病了。"

桂桂说："别说家里的事了，说家里的事难受。我妈现在不知道在不在唠叨我呢！来玩扑克牌吧，打百分。"

老矮就拿出了那副很脏的扑克来，我们四个人把脚窝在被子里，围在地铺上玩起了扑克。

我们毕竟年轻。一会就玩得高兴起来。老矮和泽林一对，他们老输，我和桂桂一对，我们赢了。桂桂快活得发出咯咯的笑声。

“嘿，还蛮热闹哩，笑得多痛快呀！”陈毛子不知什么时候进来的，他的脸色很有些忧郁。

“哟，是书记来了呀，参加一个吧，我让你来！”泽林说。

我们几个也立刻和他打了招呼。

陈毛子说：“哪还有心思玩这啰！你们看看，这工程真是压得人要上吊了。泽林，山娃，你们俩到民工连部去开个会，我们碰碰头，看看怎么办。我们不能困在这里呀！”

“啊，还有，”陈毛子又说：“各民工排派人到甘棠镇团指挥部去挑柴草和粮食。据说很少，你们四个人，只让老矮一个人去就行了。大批的粮食柴草还没运到。你们节约着用，这雪还不知下到什么时候。”

泽林和我跟陈毛子去开会。

泽林对老矮说：“老矮，你就辛苦点吧！”

老矮点点头，在我们走后，他就朝甘棠镇去了。

桂桂一个人在窝棚里看家。桂桂纳一双鞋底子。那鞋底子一看，就知道是给一个男人做的。

老矮把围巾在棉袄外面系紧，双手笼在袖子里，夹着条扁担，扁担一头吊着串绳子和米袋子。我们几个都没有风雨衣，老矮连帽子也没有。老矮就缩着脖子走进雪地里。

湖滩工地离甘棠镇大约两三里路。甘棠镇说是个镇，其实只有半截子街，街上有两三家小铺子，有家邮电所，有个小学。除此之外，与一个稍大点的村子没什么区别。

老矮脚上穿了双解放鞋，这是老矮唯一的一件像样的家当。解放鞋踩进雪地里，立即被雪掩埋了，老矮的脚脖子马上有一种冰冷刺骨的感觉。老矮把脚拔出来，发现八成新的鞋子已被雪水浸湿了不少地方，老矮有点心痛。

老矮停下来，把解放鞋脱了，把鞋夹在腋下，打起赤脚走在雪地里。

赤脚开始时是刺骨的痛，一会就麻木了。麻木过后，又有一种火辣辣的痛。再之后，又麻木，就没什么感觉了。

老矮觉得赤脚走在雪地里，比穿鞋子轻松多了。赤脚踩在雪地里，一踩一个雪窝，很惬意。

路上碰到几个去甘棠镇的人，是其他民工排的，大家都是去领粮草的。见老矮这模样，几个人咧着嘴，发出咝咝的声音。

"老矮，凉快吧，你可真是好样的啊！"

老矮说："打赤脚便利得多，还不算冷。"

那些人脚上穿着半筒雨靴。有人说：“老矮是积极分子。老矮个杂种，挑土跑得飞，这次回去肯定可以入团。”

老矮朝说这话的人善意地笑了笑。

甘棠镇不一会就到了。

在团部等着领柴草的队伍里，老矮看到不只他一个人打赤脚，并不是所有的人都有半筒雨靴的。

走路时不觉得，但站队领粮草时却觉得有些冷了。老矮哈着腰，把赤脚跺在地上啪啪响。

团部胡团长从旁边路过，看到领粮食柴草的队伍里的几个赤脚汉子。胡团长停下来了，胡团长命令发粮草的人，先让打赤脚的民工领。

老矮领到了两捆棉花梗子柴和一袋米。老矮把两捆合成一捆，系在扁担的一头，把一袋米系在另一头，挑起来踩雪朝湖滩走去。

雪还在下着，老矮把扁担闪得悠悠的。听着赤脚踩雪发出的扑扑声，望着满眼的一片白色，不知怎的，老矮喉咙有些痒了，想唱几句什么。唱语录歌，《下定决心》，这歌只适合一个人挖土挑土什么也不想的时候唱念，而现在不适合。现在唱什么歌好呢？

老矮想了想，嘴里不知不觉唱出了：“哎——搞了半天不是你，原来是个土克西！”

这是老矮从家里到武汉时在船上听到几个流氓唱的，我怎么唱起这来了呢？老矮大吃一惊。

老矮很快就想到了桂桂，桂桂的脸，桂桂的胸，老矮觉得自己很下流。

回到民工排的窝棚前，老矮推开了草帘子做的门，桂桂一个人在里面纳鞋底子。老矮的脸突然腾地红起来。

“天哪，你像个雪人了。你怎么打双赤脚?”桂桂惊诧地跳起身，接过老矮的担子。

“不碍事的，赤脚爽快些。”老矮稍稍平静了些，说。

桂桂把老矮肩上的担子接下来后，马上拿了盆子在外面挖了盆雪进来，让老矮坐在铺上。

桂桂把老矮的一双脚放在雪盆子里，抓起雪，在老矮的脚背上、脚掌底、小腿肚上用劲地搓起来，搓得呼呼响。桂桂搓得很仔细。

老矮的双脚由麻木到有了知觉，到火辣辣的痒痛起来，桂桂一边搓一边埋怨着：

“你看你这个人，干起活来不要命了。你不是有双解放鞋吗？为么事要打赤脚呢?”

“解放鞋穿在脚上一点作用都不起。”老矮辩解说。

“再不起作用也比打赤脚要好!”桂桂说。

桂桂看着老矮的双脚搓得发红了，就一下子放到自己的怀里焐起来，用自己的棉袄大襟盖着。

老矮的脚在桂桂怀里扭动起来，老矮不好意思。老矮说：“桂桂，拿出来，我的脚焐热了，真的！”

老矮的脚在桂桂怀里扭动时，老矮的脚已经有知觉了。老矮浑身像触电一般，心立即跳动起来，浑身的血液陡地加快，呼吸有些急促起来。

因为老矮的脚触到桂桂那软绵绵的肚子和胸脯。

桂桂的脸有一刹那的红晕，她很快就沉静下来，狠狠地朝老矮的脚上打了几巴掌。桂桂说：

“你放老实点，莫又想邪了！莫动，这脚不焐，非冻坏不可的。”

老矮立刻老实了，双脚一动也不敢动。老矮觉得从桂桂的肉体上，有一股热气，通过双脚传到了心里。老矮的眼睛眨了眨，心里一热，大粒的眼泪流出了眼眶。

妈死了好些年了，那时老矮才十五岁。妈死之后，老矮从没得到任何一个女人的爱护，他和爹过的那真不叫人过的日子。没有女人的家是不能叫作家的。

桂桂使得老矮想起了逝去已经很久的妈。

桂桂扭头见了老矮的眼泪，吃了一惊。桂桂慌慌地说：“哎呀老矮哥，你怎么哭了？我刚才的话说得伤了你吗？你莫往心里去。”

老矮摇摇头，说："不！你没有伤我。桂桂，我是觉得你太好了。"

说到这里，老矮双手拉住桂桂的手说："桂桂，我喜欢你，你看得起我吗？桂桂，只要你喜欢我，我当牛作马都愿意。真的，桂桂，你喜欢我吗？"

桂桂先是愣了愣，继而很快镇定下来了。桂桂慢慢地从老矮手中抽回自己的手。桂桂说："老矮哥，你是个好人，真的你是个大好人，老实人。你受过很多罪，吃了许多苦，我很尊敬你。老矮哥，现在莫说这个事情好吧，回去以后再说，我也不拒绝你，让我再考虑考虑好吧，这里的任务还没完成呢！"

老矮听了轻轻地点了点头。

桂桂用手摸了摸老矮的脸。老矮的脸又黑又瘦，胡子拉碴的。老矮觉得摸在自己脸上的那双可爱的手手心里满是茧子，老矮心里发颤。

桂桂把老矮的脚从怀里拿出来，放进被子里，让老矮好好睡一觉。桂桂说："你太累了。"

老矮就安静而听话地睡去了，睡得特别香。

当我和泽林从连部开完会，踏雪回到工棚时，桂桂正在收拾老矮从甘棠镇挑回的粮食和柴草。

陈毛子传达了营部团部以及师部的指示：为了完成向阳湖围垦这一战略任务，全体民工要发扬一不怕苦二不怕死的精神！雪天里要大雪大干，小雪狠干，不完成任务决不下火线。

可漫天里还在飘着鹅毛大雪。

泽林说："桂桂，烧午饭吧，吃了饭上工！"

第四章

桂桂做好了中午饭，让我喊老矮起来吃饭。

我推了推老矮，说："伙计，你睡得还蛮舒服呢，快起来吃饭，吃完饭还要大干呢！"

桂桂说："山娃子，你莫没良心，不是老矮上午去挑回粮食柴草，咱们吃了今天就没明天了，他累狠了。"

我推老矮时，老矮哼了一声，要是在过去，他早翻身起来了。我觉得有点不对，伸手摸了老矮的额头。我惊得叫了起来："哎呀，老矮的额头好烫啊，在发烧！"

泽林和桂桂一起跑过来，他们一人摸了一下老矮的额头，都叫起来："天哪，是在发烧！"

泽林说完，冲出工棚，说："我去请医生。"

公社民工营有一位工地医生，民工营部设在湖滩上。泽林不一会就领来了医生老许。

许医生检查了一下老矮的舌头和眼睛，量了烧听了胸部。许医生说："不要紧，他只是累狠了，又受了风寒，这是重感冒。吃点药，休息两天就好了。”

许医生还在老矮的屁股上打了一针，然后留下了药，在我们的谢谢声中走了。

桂桂喂老矮吃了药，问老矮吃不吃饭。

老矮躺在被子里无力地摇了摇头。

我们三人吃了饭。这时广播喇叭响了，那个好听的播音员的嗓音在雪里湖滩上飘洒，和漫天的雪花一般。

“革命的民工同志们，根据总指挥部的命令，为了早日完成向阳湖围垦这一神圣任务，我们不能困在湖滩了，我们要与天斗，与湖滩斗，请同志们马上开工，湖滩千里战风雪，一不怕苦二不怕死！下定决心，不怕牺牲，排除万难，去争取胜利！上战场，枪一响，老子下定决心，今天就死在战场上了。”

女播音员念起了一串鼓劲和不怕死的话，连着一起念，也不知这些话是谁和谁说的了。

没有犹豫的时间了。泽林给老矮掖了掖被角，对桂桂说：“你不用出工了，留下来照顾一下老矮，我和山娃子去工地！”

我和泽林拿起铁锹和箢篼，冲进风雪里。箢篼上原来粘的湿泥，现在全都凌上了，一只怕都有二三十斤重。

我一脚踩进雪地里，积雪立即淹没了我的半截小腿，我的半截裤脚立即湿了，一股寒气穿透裤腿和鞋袜，如锋利的针刺，刺向我的肌肤，我颤抖起来。没有退却的地方，我不可选择。我是个年轻人，不是怕死鬼，不是逃兵。我学着泽林的样子，在雪地里跋涉着，走向土塘。

土塘已经被雪盖住了。我和泽林放下工具，用手把积雪扒开，扒出黑黝黝的湖滩来。

十个手指头立即扒红了，麻木了，成了十个没有知觉的胡萝卜。我们机械地扒着，狠命地扒着。天上的雪花还在不断地飘洒，洒在我们的心头，钻进我们的颈子，立即融化成水，流到我们的背上和胸前，凉飕飕的叫人打战。

广播喇叭里在不断地播放着《下定决心》的歌曲。

我觉得唱这歌的人，不断歇地唱，最后嗓子都唱嘶了，可还在唱，还在唱“下定决心!”

我心里想着那个女播音员，她怎么不到雪地里来下定决心试试呢!

我看到各个民工排都出动了，红旗也插到雪地里来了，白的雪地里，红的旗帜在飘展，像血一样鲜明。而千千万万的民工像一群黑色的蚂蚁点子，在雪地里蠕动着。

我和泽林扒了半天雪，扒出了黑色的泥土后，就用锹挖出土块，装在箢箢里，往满是雪堆的堤坝上挑。

穿着鞋袜走在雪地里，很不方便。我要脱掉，泽林拦住我。泽林说：“不能脱，穿在脚上不起什么作用，但不能脱，脱了打赤脚，你的双脚要冻坏的。”

我和泽林就穿着鞋袜，挑着土，朝堤坝上走。不能叫走，应该叫爬。我们一步一步地跋涉着。

头上是雪，身上是雨，双脚踩在雪地里，裤脚和鞋袜早已冻住了。我们爬得很慢，想快都快不起来。

这时，我的联想挺丰富的。我想，我长这么大，这可是从来没受过的罪，从来没有吃过的苦啊！我想，红军爬雪山时，那滋味也大约跟这差不多吧！

我想起了《钢铁是怎样炼成的》里的保尔，他不是也跟着一群共青团员共产党员，在风雪泥泞中修一条路么？不是有个人把党证都退了，不愿吃这苦，跑了么？那交出的党证，被筑路领导人放在灯火上点着，烧成了一卷黑色的灰烬。我很崇敬保尔，我不愿做那个交出党证的逃兵，我要学保尔，再苦我也要干下去。

泽林在我前面爬着，爬得哼哧哼哧地喘气，我紧紧跟在泽林身后，一步也不落下。

我们把雪土倒在堤坝上，又跑回土塘再扒雪挖土。刚才扒出的黑色泥土，又被雪盖住了。

当我们爬着挑了三趟土后，再回到土塘时，我们看到桂桂也在土塘里扒雪挖土。

泽林叫着："桂桂，你回去！"

我也说："桂桂姐，你回去看护老矮，这里有我们两个就行了！”

桂桂说：“不！老矮吃了药已经睡了。”

桂桂的脸颊冷得通红，头上包了个布头巾，埋着头一声不吭地扒雪挖土，往我们的空箢篼里装土。

我和泽林不作声了，挑起满满的两箢篼土，又朝雪地里的堤坝上爬。

待我们再回到土塘时，我们看到桂桂正苦苦地劝说着老矮：“你回去，行行好，你回去吧，我的老天爷！”

我和泽林呆了。我们看到老矮光着头，赤着脚，棉袄上系着那条又旧又破的围巾，正趴在土塘里的雪地上，双手不停地扒雪。老矮的脸通红，雪花朝他身上洒着，洒到他的脸上额上，很快就成了水滴。

任桂桂怎么劝说，拉他，他都不吭声，两只手像两只筢子，飞快地把积雪扒得纷飞起来。积雪被他扒开了，黑色的泥土在他身后露出来。

老矮说：“桂桂，快挖土。”

泽林丢了担子，上前拉住老矮，吼叫着：“老矮，你回去，你不要命了！回去，听见没有？我是民工排的领导，我命令你回去！”

老矮哪里肯听，甩开了泽林的手，继续扒雪。

我说：“老矮，这样要不得的，你是病人，你的病会加重的，回去吧！”

老矮还是一个字：“不！”这时广播喇叭里的毛主席语录歌《下定决心》正唱得带劲。老矮的嘴唇也在不断地动着，我们听到了，他嘴里发出的声音是：下定决心，不怕牺牲，排除万难，去争取胜利。

我们无计可施，这个老矮简直是疯了。

这时，我们看到工地上走过来一排人，有几个人穿着毛领黄色长大衣，头上戴着毛帽子，脚上穿着齐膝深的长筒靴子，踩着雪，不慌不忙地走过来。

旁边跟着民工团的胡团长，还有个背照相机的年轻人。

是总指挥部的首长到工地来视察了。

这一行人在我们的土塘边停下来了。

泽林喊了一声：“首长！”

首长中有一人跳下土塘，和泽林握了个手，再和我握了手。我感到那手热乎乎的，软绵绵的。

首长握着桂桂的手说：“谢谢你们了，你们真是一不怕苦二不怕死的战士！”

首长走到正在扒雪的老矮身边，拉着他的胳膊，说：“好同志，好同志！”

桂桂说：“首长，他在发高烧，硬是要来扒雪，我们劝不住他。他这样要坏事的，首长你劝劝他吧！”

首长摸了摸老矮的额头，看了看老矮的一双赤脚，愣了一会儿。首长眼里已有光点了，像是没掉出来的泪花。

首长缓缓地说："小同志啊，你烧得不轻，你是好样的。但身体是本钱，还是回去休息吧，病好了再干，好吧！"

老矮望着首长，说："不！不这样我们的任务完不成，我们回不去的！"

胡团长对首长说："他们是全工地十几万民工中的最小的民工排，只有四个人。"

首长点点头，望着我们四个人，不作声。

胡团长说："你们谁是宣传员，给这位同志写篇表扬稿，好好表扬一下。"

我们都没作声。首长们走了。

我想，写表扬稿？老矮你可不是为了这个表扬。

老矮和我们一直干到天黑。表扬老矮的稿子我没写。

天黑了，我们才回到工棚，桂桂烧开水，让我们洗，让我们焐脚。

桂桂为老矮搓脚，用雪搓，一直搓到发红，才焐到她的怀里。

我和泽林的半截裤腿，鞋子袜子全冻住了，冻成了硬邦邦的树棍。

这天的温度怕要在摄氏零下五六度的，我想。

老矮没有出问题，吃了药后就睡了。到后半夜，我们起来看他，摸他的额头，热度竟然还下去了不少。

这一夜，我睡得很不好，我有些失眠了。我在被子里想我的家，父亲，母亲，还有几个妹妹。想着想着，我流了泪。我暗地里擦干了泪，心里骂自己没出息。

雪，仍在不停地下着，湖滩上的积雪越来越厚。

广播喇叭里再没有关于大干苦干拼命干的鼓动了，而换成了京剧《智取威虎山》中杨子荣的唱段：穿林海，跨雪原……还有毛主席诗词歌：北国风光，千里冰封，万里雪飘……

这个播音员倒会触景生情地放些关于雪的唱段。

工地上彻底停工了，没有人再到雪地里去扒雪挑土了。事实证明，大雪大干是行不通的，得不偿失。人冻得不行，却挑不了几块土上堤筑坝。人毕竟是肉做的，像昨天下午那样干两天，十几万民工都得倒在雪地里。

总指挥部的首长视察之后，决定停工。等待天气好了再干，现在养精蓄锐。

我们天天都要用扁担铁锹等把工棚顶上的雪扒掉铲掉。工棚顶上的雪积厚了，会把工棚压垮的。已有几十个工棚被雪压垮了，而且是在夜间，民工被埋在雪堆里喊救命，大家就都去扒雪救人。

我们的工棚小而且结实，每天扒铲顶棚上的雪也很容易。我们觉得这是很轻松很有意义的活，干一会儿就完了。

我们就回到工棚，我在被子里玩老矮的扑克牌，它又脏又烂，但比没有强。老矮已经完全退了烧，人瘦了一圈，可以在被子里陪我们玩了。

桂桂说："我们的米和烧的柴已经不多了，最多够吃三顿。"

泽林就去找陈毛子问粮草的事情。陈毛子说，粮草正往这里运，这几天大家少吃点，节约吧！

严重的问题出现了，工地断了粮草。

咸宁火车站离向阳湖还有几十公里的路程。向阳湖十几万民工困在湖滩上，粮草堆在火车站无法运送。

山区县的公路本来就差，通往向阳湖的公路被积雪冻住，车辆一压，压出不牢固的路基中的稀泥浆，汽车轮子陷进泥里，呜呜叫唤，泥浆纷飞，车子却爬不出来。

各县区民工指挥部粮尽柴绝，民工们领不到粮草。

总指挥部积极想办法，首长们坐卧不安。

甘棠镇是个小镇穷镇，附近农民的口粮标准很低，每人年平均不到三百斤稻谷杂粮。这鱼米之乡根本拿不出多余的粮草来给湖滩上千万个民工们使用。

我们和所有的民工一样，将要经受一场饥饿的考验。

离春节还只有十来天了，围垦任务还没完成。完不成任务就不能撤走，民工们难道还要在这荒湖滩上过春节么?

我们感到着急了，其程度绝不亚于陈毛子和胡团长。

桂桂说:“我长这么大还没在外面过过年，过年要是不能回去，那才倒霉了，这湖滩上用什么过年?”

泽林说:“我在外面过了好几个年了，我过年是在猪圈过的，陪着猪过。”

老矮有些羸弱，他说:“我也可以留下来，我回去过年不过年都无所谓。我跟我爹有什么年好过哟!”

我说:“那好，你们俩留下来，我跟桂桂俩人回去过年。”

泽林说:“那好呀，只要你走得了。下这么大的雪，只怕是火车都要停了，你们就飞吧!”

我们边玩牌边聊天，就到了晚上。

桂桂说:“做不做晚饭吃呢?柴米快没有了。”

我们都没有回答，大家就静默下来。

我们一天只吃两顿稀饭，而且一人只吃一碗。稀饭喝到肚子里，拉两泡尿就完了。肚子于是就咕咕地叫起来，我们就忍住，尝着饥饿的味道。

那天早晨，桂桂把最后的一点米熬了稀饭，一人盛了一小碗。

泽林把自己的一碗端起来，倒了半碗在锅里。泽林说:

“我不想吃了，我这两天没怎么活动，不饿。”

老矮没接桂桂递给他的粥碗，脸上现出很难过的表情。老矮说：“你们吃吧，我不舒服不想吃东西，我想睡一下。”

桂桂看着我，我说：“桂桂姐他们不想吃东西，我也不吃了。桂桂姐，你太辛苦了，你吃吧！”

桂桂把我们轮流看了一遍，突然捂着脸，低着头钻进她住的内间，趴在床上呜呜地哭起来了。

我们三个男人面面相觑，不知是什么原因。我们一起跑进桂桂住的内间，站在桂桂的床前。泽林说：“桂桂桂桂，你怎么啦？”

桂桂哭着说：“你们出去，不要管我！”

老矮嗫嗫地说：“桂桂，我们哪里得罪你了？”

桂桂大声说：“怪我吗？我有什么办法？都不吃东西，都饿死掉好不好？没有粮食，我拿什么做给你们吃？你们还赌气，不吃东西！都不吃，你们走！”

我说：“桂桂，我们没有怪你呀，真的，没有怪你。”

这时泽林大声说：“好了，我们每人都把自己的一碗粥吃掉，这是最后一顿饭了。已经没有米了。我们四人一起出来，就要有福同享，有苦同吃。桂桂，起来，你把你的一碗吃了。大家都吃，这是任务。”

我和老矮默默地跟着泽林走出来，泽林把倒进锅里的半碗粥盛进自己碗里。我和老矮各自端起自己的粥碗喝起来，我们喝得很慢很轻，没有发出过去那种呼啦啦的响声。桂桂过了一会儿也出来了，端起自己的一碗粥，慢慢地喝起来。我们四个人，在漫天风雪的湖滩工棚里，庄重而严肃地喝掉了我们最后的一餐粥。

工地上彻底地断了粮。民工连无法可想，民工营无法可想，区民工团县民工师以及整个向阳湖围垦总指挥部也想不出什么法子。

大家只好困在雪地里，等待天晴，等待路干了运粮草进来。工地上的广播喇叭也不响了，红旗也没打出来，有点死气沉沉的气氛。

停伙一天了，我们这一天只喝了一点开水。

睡了一夜，第二天早上还是爬起了床。泽林说："躺在床上没有用，也是饿。干脆我们出去转转，到甘棠镇去看看，看是否能弄点吃的东西。"

老矮说："甘棠镇怕也弄不到什么吃的东西了，我们区有多少民工排多少民工连啊，就只一个甘棠镇，即使有粮食，也没我们的份。"

泽林说："我们是男人嘛，总还能想些办法的。走，拿上锹，我们去挖地老鼠吃。"我说："老鼠能吃吗？没吃过。"

泽林说："我当兵时，有个战友是广东人，带我去挖过几次地老鼠，那肉可鲜嫩呢！”

老矮马上爬起来，说：“那好啊，你能吃，我就能吃，这有什么难的，有吃的总比没吃的好。”

我说：“那好吧，我听你们的。”

我们三个人很快起了床，穿好了衣服，打开了工棚门。一看，嘿，雪竟然停了，东方竟然有红的太阳冒出来，天晴了。

我们跟桂桂打了声招呼，老矮和泽林各提了一把锹，我空着手，我们三人摇摇晃晃地朝甘棠镇走去。

连着几天没吃饱，昨天又饿了一天，有气无力是很显然的。到甘棠镇不到三里路，我们走了四十多分钟。甘棠镇后面就是一片田，田基高出湖滩许多。田里的稻茬被雪盖住了，有田埂的地方凸出来一条条的埂子。田野上没有人，附近的庄稼人此时一定围在家里烤火，或者捂在被窝里做着梦吧，我这样想。

泽林有过挖地老鼠的经验，他带着我们在田野里转悠了好半天，也没看见黑色的洞洞。

我说：“这里不比你当兵的那地方，怕是地老鼠也捂在地洞里睡觉吧！”

泽林说：“那它们总得有个洞洞透气吧！”

老矮突然指着前方一个黑洞洞说：“泽林，这是不是？”

泽林跑过去一看，肯定地说：“就是这，就是这。”

泽林叫我站在一边看着，等会老鼠跑出来时，帮忙扑打。他和老矮就沿着那洞洞挖起来。

老矮照着泽林的指点，一锹挖下去，翻起好大一块土来。我立即看见有只大灰鼠从那土块里钻出来，就大叫：

“泽林，看，老鼠出来了！”

泽林眼疾手快，早“啪”的一锹，拍到了大灰鼠。我跑上去从雪地里提起来，怕有半斤重，真肥。

泽林说：“还有一只，它们一般是两只一洞，夫妻么！”

果然，挖了一会，又拍死一只灰老鼠，比先前的一只还大。两只老鼠一斤多重，我们的收获不小。

更重要的收获是，我们在鼠洞里挖出了一堆稻谷，我们细心地把稻谷装在泽林的罩衣里，再包起来，怕有四五斤。这些地老鼠偷粮食也真够厉害的。

我们在雪地上继续寻找，再也没找到黑洞洞了。我们挖了两处像是老鼠洞的地方，可里面什么也没有。

肚子在咕咕叫着，我们就停止了搜寻，提着战利品往回走。回去比出来要走得快些，因为我们都指望回去后将战利品做些处理，好好吃一顿。

我们三人晃晃荡荡地走，我甚至哼起一支曲子，当然是毛主席语录歌，除此之外，其他的歌曲都不能唱。

在甘棠镇时，从我们对面走来一个穿军大衣的姑娘，个子娇小，皮肤白皙，五官端正，两只翘翘辫耷拉在背后。

那女孩看见我时稍惊讶了一瞬，立即朝我跑过来，叫道："刘山，你怎么到这里来了？"

原来是我中学同学徐英子。

"我怎么到这里来了？我来当民工呀，修堤坝围垦呀！徐英子，你怎么来了？"我说。

"跟你一样，我在区指挥部当广播员！"她说。

怪不得的，我天天听那广播里的声音很好听，原来是我的老同学在当播音员哪！播音员可是舒服得很，又不劳动，每天只是念念稿子，比我们挖土挑土强多了。

徐英子见我们三人在一起，问："你们这是干吗呢？"她是部队干部子女，她父亲那部队就驻扎在我们区。

泽林说："我们找吃的。山娃，你和老同学再聊聊，我们先走一步了。"

老矮也朝徐英子点点头，跟泽林先走了。

徐英子把我带到广播站，正赶上指挥部里吃午饭。徐英子把她的一份饭给我了，她自己吃饼干盒里的饼干。到底是指挥部，还没断粮。我把徐英子的小馍馍吃得一个不剩，喝了杯开水，就告辞走了。

徐英子叫我还来玩。我说："待我饿得太狠了时，再来讨一顿饭吃。"

徐英子说："宁可我饿，也要给你吃。不过我告诉你刘山，粮食问题马上就可以解决了。我们县的粮草已经用小船从金水河穿斧头湖朝这里运了，大约三天后就可以到的。你看，天也晴了，这公路也说不定马上就修好的。"

我想，那好啊。就跟徐英子扬扬手再见。

回到工棚，泽林老矮桂桂三人正喝稀糊糊，一碗烧得喷香的鼠肉放在中间，泽林和老矮吃得津津有味，桂桂一直不敢吃，怕恶心。我吃了几块，味道确实不错。

桂桂让我喝稀糊糊，我说中午在区指挥部吃过了。

泽林和老矮说："你的同学招待你吃好东西吧！"

我说："那当然！我可以为你们节省一点嘛！可惜，没有带的，要不，我一定带给你们吃的。"

我告诉他们我们县的粮食柴草已经从金水河起运，三天后即可到达的消息。

我们再熬三天吧！天晴了，我们还要大干呢！没吃的，就大干不成。

第五章

可是，没等熬到三天，我们小湾民工排却出了事，出了一件天大的事情，这件事使我终身难以忘怀。

由于没有粮食，大家都挨着饿，即使天晴了，也没有人到土塘里挖土挑土。各级指挥部领导也没督促大家上工，民工们没吃的，当然也就没劲去上工。大家都在等着粮食。

大约是上午十点钟的光景，太阳暖洋洋的，工棚顶上少量的积雪开始融化，朝下面滴答滴答地滴水。民工们也是懒洋洋的，有的躺在地铺上蒙头睡觉，有的坐在工棚门口的太阳底下，把身子晒得软乎乎的。

这样的天气，没有吃的，人们更感到饥饿难熬。湖滩上死气沉沉的，除了未建成的堤坝外，就是铺在湖滩上正在化去的积雪。远一点的甘棠镇，街上难以买到吃的。即使有吃的卖，民工们手上也没有钱。

甘棠镇东边，有一块十来亩水面的塘，水塘与向阳湖的大片湖滩紧靠着，塘周围有土圩子。夏天向阳湖水满时，水塘的平面就与湖水一样高。冬天向阳湖的水枯了，而水塘里还蓄着一塘水，塘水里养着鱼。水塘里有水草和少量的荷叶，冬季里都枯干了，垂首在塘面，听任鱼儿追逐。

鱼塘属于甘棠镇东山大队，东山大队指望这鱼塘的收入来过年。平时舍不得捞，一直蓄着养着。

看看年关已经近了，天气又晴得很好，东山大队决定把鱼捕起来。

一早，十来个社员就将鱼塘圩子上的小节制闸门抽开，把塘水放到通往向阳湖的河沟里。

从高处往低处放水，那水哗啦啦一涌而出，欢快奔驰。闸口处拦着竹帘子，顺水而下的鱼，碰到竹帘，跳起老高老高，在冬日的阳光下闪耀着金色的光泽。

一塘三四斤重一条的鲤鱼，社员们看到越来越浅的塘水里，鲤鱼如没头的苍蝇，撞来撞去，心里乐滋滋的。

上午十点左右，鱼塘干了，塘泥显露出来。社员们准备了筐子，下塘捉鱼。

散布在湖滩上的民工棚子，冷火无烟。民工们只得三三两两，游荡到鱼塘边。看到满塘的鱼，蹦蹦跳跳，煞是可爱。民工们心里痒痒的。娘的，老子们到这鬼湖滩来下死力围垦，已断顿两天了，而这里的社员，却有这满塘的鲜鱼，捕回去能过个好年。饭香鱼香，一家人围着，多美的事呀！

于是鱼塘边聚集了越来越多的民工。反正又没有开工，窝在棚子里肚子也饿，不如到鱼塘边来饱饱眼福。

甘棠镇周围的民工有三千多人，大家都饿着，都在等粮食，都在闲着渴盼着填肚子的东西。

这些民工，百分之九十几都是青壮年农民，也没那么多觉悟那么多修养。

水干鱼跃，民工们围在塘边叽叽喳喳。东山大队的十多个社员下塘捉鱼，高高兴兴，他们根本没有防到民工们会下湖抢鱼。炸塘是发生在一瞬间的。一个大块头的民工，看到塘边泥里卧着一条三四斤重的鲤鱼，竟然忘乎所以地跳下了塘，连脚上的鞋子也没脱，抓住了那条鱼。大块头下了鱼塘，围在鱼塘边看热闹的民工眼红了起来。他妈的，饥饿的人还讲那么多干什么哟！下去，抓几条鱼回去，白水煮着吃了，也能填饱肚子。马上有第二个人跳下塘，第三个民工也跳下塘。围在鱼塘边的民工呼啦一声，纷纷像鸭群一般跳进满是淤泥和鱼的塘里。

正在鱼塘里捉鱼的东山大队的十多名社员一看这阵势，吓得呆了。天哪，这么多人，这不是来抢鱼的么？这不是炸了塘么？有人就大喊起来：

"干什么？你们想干什么？青天白日的就发抢来了！快起去，你们这是犯法的！"

没人听他喊叫，他的喊叫在大群民工中间，溅不起半点回响。

我和老矮正在离鱼塘不远的地方溜达，看到鱼塘那边吵吵嚷嚷的，不知发生了什么事，我们一起跑到鱼塘边。

一看那架势，我还不明白。老矮就叫起来了："山娃子，快，脱鞋子，炸了塘了，我们也下去捉几条鱼回去打牙祭！"

老矮边说边脱鞋子，我看到老矮把脚上的解放鞋脱下后，掖在腰上系的围巾中，然后"扑通"一声跳下了鱼塘。

我学着老矮的样子，也脱了鞋子，跟在老矮后边跳下鱼塘。下了鱼塘，稀泥立即没到膝盖上了，冷得人只打寒战。我看到老矮在泥塘里很快抓了一条大鲤鱼，提在手里。前面又有一条，老矮又抓着了，他一只手提一条鱼，看到第三条鱼卧在泥里，他已没有手空出来抓了。

老矮说："山娃子，快，有没有绳子？"

这时我也抓住了一条鱼。这塘里鱼真多真大，捉到的鱼，提在手里沉甸甸的，刚才下塘时感觉到的那点冷意早没有了。

"我没有绳子！"我说。

老矮把捉到的鱼塞进泥里，使鱼不容易跑掉，然后飞快地抽下了做裤带用的绳子，把裤子往上提一提，再把腰间的围巾系紧。老矮用裤带把我手里的鱼串上，又从泥里把那两条鱼抠出来，也串上。这时我又抓到一条鱼了，老矮也一并串上，提了提，说："山娃子，快，你先把这四条鱼提回工棚去，再带一根结实的绳子来，我在这里等你，快！"

我听从老矮的吩咐，提起穿着四条鱼的裤带绳子，爬上了鱼塘的堤坝，拔腿就朝湖滩上的工棚跑去。

"炸塘了，炸塘了，快去捉鱼呀！"有人这样喊叫着。

我往回跑的时候，看见有几百上千的人朝鱼塘方向奔去。天哪，这是怎么回事哟！我可从来没见过这阵势。我顾不得多想，拼命朝工棚里跑。

跑到工棚，只见桂桂一人在工棚里。桂桂见我提着一串鱼，满裤腿满脸的稀泥，累得气喘吁吁的，惊慌地说：

“怎么了山娃？怎么了山娃？”

我说：“甘棠镇那边炸了塘，这是我和老矮捉的鱼，快收起来，再给我一根结实的绳子，我还去，老矮在鱼塘里等我。”

桂桂慌慌地接过我的鱼，忙递给我一根挑柴草用的粗绳子。桂桂说：“山娃，你去叫老矮快回来，这要出事的。”

我问：“泽林呢？”

“他到民工连开会去了！”桂桂答。

“叫他回来到鱼塘边去接应我们。”我丢给桂桂一句话就跑了。我想我这回拿的一根绳子，能串好多条鱼，肯定断不了。我不断给自己说，快跑，再迟了就没有鱼了。

根本就没等到我跑到鱼塘边，就出事了。

抓了几条鱼已经送回工棚去了，老矮和几百个民工还在鱼塘里抓那卧在泥里的鱼。就只两只手，抓多了无法拿，充其量也只能一只手提一条。眼看塘里活蹦乱跳的鲤鱼，老矮急得没有法子可想。山娃回去了怎么还不来呢？老矮抬头朝鱼塘岸上望去。

天哪，湖滩上有许多人朝鱼塘这边跑，人越来越多，知道了炸塘消息的民工都往这里跑。大家肚子都饿，大家都想抓几条鱼熬了吃。

老矮着急没东西装鱼的当儿，突然听到前面泼刺地响了一声，朝响的地方一看，老矮兴奋得丢了手中的两条小些的鱼，朝那条大鱼扑去。那是一条有十来斤重的金鳞红尾鲤鱼，正瞪着晶亮的眼睛看着老矮，大鲤鱼的尾巴像把小扫帚，张开的嘴边有两根长长的胡须。

这真是个鱼中之王。

老矮扑向鲤鱼，双手把鱼压住，直朝泥里按。鲤鱼尾巴一搅，拍在泥上，溅得老矮一脸的泥浆。老矮腾出一只手擦脸的当儿，鲤鱼一个大翻身，老矮没能按住。鲤鱼尾巴一扫，正撞在老矮的腿上，老矮没提防，一个屁墩坐到稀泥里。老矮火冒三丈，爬起来又用双手紧紧地压住鲤鱼。

就在这时候，湖滩上的大喇叭响了，女播音员徐英子的声音飞向躁动混乱的鱼塘：

> "民工同志们，请遵守三大纪律八项注意，不拿群众的一针一线。我们到向阳湖是修堤围垦的，我们一定要搞好与当地老百姓的关系。农民的鱼是集体财产，我们不能拿，拿了的同志，要送回去！"

徐英子的声音虽然好听，但软弱无力，鱼塘里越聚越多的民工无动于衷，大家继续捉鱼。

东山大队捉鱼的十几个社员，见抢鱼的民工越来越多，他们阻拦不了，就都爬到鱼塘的岸上，望着鱼塘里疯抢的人群哭起来。他们中的一个队干部跑回大队报信去了。

工地上的大喇叭里立即换了一个声音，民工们一听就有点不安了，是胡团长的声音。胡团长破口大骂：

“狗日的们，我限定你们立即离开鱼塘，把抢的所有的鱼统统送回东山大队去。快点！马上离开鱼塘，再不离开，你们小心点，一切后果自负！”

胡团长骂完后，人群有一刹的骚动。先来的人已抓到鱼了，提着鱼朝岸上爬。后来的人见先来的人都已抓到鱼了，觉得不平。妈的，他们都已抓到了，老子也该抓两条。于是，还是不断地有人朝鱼塘里跳。

东山大队青壮年有百把人，他们的民兵连还有七八条旧枪，都放在机干民兵手中。跑回家报信的队干部说：“快点快点，他们把我们的鱼塘抢了！快点去，再去迟了，我们一塘鱼会一条都不剩的。”

大队干部正在开会，研究怎么拨出点粮食来支援挨饿的民工，准备把种子粮拿出来一些的。

书记和民兵连长听了报告，马上就不开会了。还支援个屁，人家已经抢到门上来了。

民兵连长敲钟，召集了他的持枪基干民兵，其他男女社员三百多人，包括老幼，青壮年全部出动。他们要捍卫自己的利益，要保卫自己的财产，决不容许别人来干扰他们的生活。

三百多男女老幼，拿锹扛锄头，蜂拥到鱼塘边。

鱼塘里还有黑压压的捉鱼人，一塘鱼已经基本上抢完了，只剩下躲在淤泥里的侥幸者。

基干民兵们的枪其实是个摆设，里面都没有子弹。只有民兵连长有十多发子弹。民兵连长是个复员兵，现在遇到个放枪的机会了。他把子弹压进了步枪里。

民兵连长朝天连放了三枪：呯！呯！呯！

枪声短促，尖啸而清脆。

“快跑，他们拿着枪来了！”鱼塘里有人喊。

于是，鱼塘里的人像炸了窝的蜂子，立刻乱了起来。大家慌不择路，前扑后拥，东倒西歪，连滚带爬，手上的鱼也不要了，鞋子跑掉了，帽子也跑落了。

听说事后东山大队从淤泥里抠出鞋子帽子用箩筐装，挑了好几担。

其实，大家本不该慌的，不用说东山大队来的三百多人，面对这黑压压的民工不敢动手，就是那几条旧枪，多是打不响的，即使民兵连长的枪能打响，也不敢朝人身上放，何况他只有几颗子弹呢！

但是抢鱼的农民工们，虽说把他们编成了连排等军事单位，说到底他们还是农民，在真正的枪炮面前，他们还是逃命要紧，其他一切都不管了。

悲剧就是这样发生的，悲剧就发生在那一刹那。

老矮正把大鲤鱼狠命朝泥里按，准备用手扼住鲤鱼的鳃，再提起来时，岸上的枪声响了，鱼塘里发生了骚乱。

东山大队的人群是从甘棠镇方向来的，枪声也是从那边响过来的，因此鱼塘里乱了套的人群就朝湖滩这边的岸上逃，成百上千的人一起朝这边压过来，谁也挡不住了。

人们发了疯，好像子弹就追着他们的屁股，大家都不要命地跑，边跑边发出哇哇的叫喊。

老矮还来没得及伸直腰，就被人流撞倒了。老矮立即又爬起来，他没有马上随着人流朝岸边跑，他觉得丢下到了手的鱼跑走很不合算。

老矮在站起身来的一刹，突然发现插在腰带上的鞋子丢了。这双解放鞋是老矮唯一的像样的物件，可不能丢，丢了就没有穿的了。老矮想都没想，又弓下腰在泥里找自己的鞋子。老矮一样东西都不想丢掉，他要先摸着了鞋子放好，后捉了大鱼再走。

就在老矮躬身在泥里摸鞋子时，人流压过来了。老矮只觉得自己身子一歪，一下子没进泥里，身上立刻就有成百上千双脚踩过来，踩下去。老矮眼前一片漆黑，耳里还隐隐地听到哇哇哇的呼叫声，很快这声音就远逝了，消失了。老矮觉得自己好累好累，就静静地睡去了。

老矮一声都没喊，老矮已经摸着了自己的一只鞋子，紧紧地抓在手上。那条十几斤重的大鱼，也被踩进泥里，它倒没有被踩死。

鱼塘里发生骚动，枪声响了的时候，我正拿着一根粗绳子往鱼塘跑，本想去接应老矮，让他用这根粗绳子多串几条大鱼回来。还没等我跑到鱼塘边，鱼塘里的人爬起来拼命朝回跑，边跑边喊：

“他们放枪了，来了公安局的，要捉人了，快跑!”

我根本就不能逆向越过他们朝鱼塘跑，我被大队奔跑的人群裹挟住了，朝湖滩跑起来。我边跑边喊：“老矮，老矮，快点跑，快点跑!”我当时肯定老矮在奔跑的队伍里，老矮不会傻到待在鱼塘里让他们捉去。

我气喘吁吁地跑回了工棚，泽林和桂桂惊恐地迎着我。

桂桂说：“老矮呢?”

我说：“我没看见他，我还没跑到鱼塘，他们就放枪捉人了。”

泽林很显然已经知道了炸塘的事，说：“不要慌，这又有个什么事咧，无非是把鱼还给他们，他们不会捉人的。快，我们找老矮!”

湖滩已经没有人了，刚才千军万马，现在却鸦雀无声，人们都跑到工棚里躲起来了。

泽林、桂桂和我在湖滩上四处寻找老矮，我们大声地喊：“老矮！老矮！你在哪里啊?”

可是没有人答应我们。

我们朝鱼塘边走去，但我们不敢走得太近，因为东山大队的男女老幼现正站在鱼塘边，他们手上还有枪。

我们站在离鱼塘很近的地方喊：“老矮，老矮!”

仍然没有人答应。

桂桂说：“是不是被他们捉去了?”

我说：“也可能老矮跑到其他地方躲起来了!”

泽林说：“我们到区指挥部去，让指挥部出面打听，看他们捉了人没有。老矮如果跑到其他地方躲起来了，那更好办，他待会就会回来的。”

泽林带着我和桂桂到了甘棠镇，甘棠镇上正在议论纷纷，说的都是东山大队抢鱼的事情。我看看自己的模样，身上泥呼呼的，让人一看就是个抢鱼的人。

泽林说：“山娃，你回工棚去，把身上洗洗，我和桂桂一会就回来。你这模样见了胡团长，他不把你抓起来才怪呢!”

我想也是，就转回工棚去了。

我把自己收拾好了，换了衣服，就在工棚里等老矮。我望着棚子的门，我巴望着老矮从那门里晃进来。

老矮没回来，泽林和桂桂回来了，他们垂头丧气。

胡团长臭骂了泽林一顿。胡团长派人跟东山大队联系过了，东山大队的人说："没捉人！你们要赔偿我们的损失！"

老矮哪里去了呢？

我们的老矮失踪了，民工连的陈毛子急红了眼，就发动全大队各民工排的人寻找。

在湖滩在甘棠镇找了一遍，不见踪影。

我到团指挥部的广播站找到了老同学徐英子，央求徐英子播份通知，徐英子立刻答应了。

湖滩上的喇叭响了："陈清江同志，请你听到广播后立即回到你们排的工棚去，有急事找你！"

陈清江是老矮的大名。

徐英子的声音反复响了几遍，可是我们的老矮还是没有露面，老矮啊老矮，你到哪里去了呢？

夜幕低垂，湖滩工棚里亮起了灯火，雪原静静，堤坝横亘，断炊之夜，人们唉声叹气，湖滩的夜有些凄凉。

到鱼塘里捉了鱼的民工，被逼着把鱼送还了东山大队，大家白忙活了一场，结果连片鱼鳞都没得到，还损失了许多的鞋子帽子和力气。

我们损失了老矮，全工地就一个老矮失踪，奇怪。

我和桂桂、泽林一起待在小小的工棚里，我们什么也没说，我们对着一盏孤灯，等待老矮回来。

我心里有一种不祥的预感，会不会是……我不敢说出来。泽林和桂桂不做声，他们是不是也想到什么，但他们不敢说，和我一样呢？

湖滩上，工棚里，我们一夜未眠，老矮一夜未归。

第二天早上，有人报信来了。

东山大队的社员在鱼塘里清塘时，抓到一条十几斤重的大鲤鱼，也从泥里捞起了老矮的尸体，老矮手上紧紧地抓着一只解放鞋。老矮死得很痛苦。

泽林、桂桂和我听了，拔腿就朝鱼塘边跑。老矮哟老矮，你怎么能死了呢？你是不能死的呀老矮！

老矮的尸体放在鱼塘的岸上，蜷曲着，浑身是泥。几个社员在边上惊恐地看着，不知所措。

我和桂桂哇的一声大哭起来，老矮呀——！

泽林二话没说，抱起老矮就朝湖滩上走。泽林说："老矮，我们到处找你，昨天等了你一夜。老矮，我们回工棚去吧！"

泽林把老矮抱回工棚后，放在老矮的床铺上。桂桂端来了清水，绞了毛巾，给老矮擦洗。

桂桂停止了大哭，眼里的泪珠子一粒粒滚落下来，落到老矮的泥脸上。桂桂很细心很安静地为老矮擦洗。她把老矮的头发、眼睛、耳朵、鼻子、嘴巴里的泥细细地掏出来，再细细地擦去，她做得那么认真，那么仔细，就像在给一个孩子洗脸洗澡。

老矮的湿衣裤脱下来了，脱光了身子。桂桂没有回避，还在为他擦洗，就像是他的妻子。身上的泥洗净了，连大腿根的泥都洗去了。桂桂做这一切时没有半点羞涩感，而是显得很圣洁很庄重。

老矮浑身发乌，老矮是被泥巴活活憋死的。

我和泽林要帮忙擦洗，桂桂不让我们沾手。

在我们这最小的民工排最小的工棚外，聚集起几百名民工，他们知道了消息后，自动地聚拢来，默默地站在湖滩上，悼念着他们中的一个。

我们这个最小的民工排现在只剩下三个人了。

第六章

中午时分，区指挥部通过湖滩上的广播喇叭通知，从金水河起运的粮草船已经到达向阳湖北岸的河沟里。泊船的地方离湖滩的工棚距离只有几百米。除了粮食和柴草外，为了抢在春节前完成围垦的第一期工程，区里通知家里人尽量的多来工地，支援工地的民工。因此随船只到来的，还有上千的民工到达工地。

徐英子把这一喜讯反复广播了几次，工地上立即腾起了一片欢呼声。饥饿结束了，有粮食柴草，有白米饭吃了，可以把肚子吃得饱饱的了。而且家里来人支援，土方任务会很快完成，大家可以回家过年，不在工地受苦了。

很显然，在一阵欢呼，一顿饱饭后，工地上会立即掀起大干苦干的高潮，堤坝会很快筑成。

可是老矮再也吃不上家里送来的粮食了，再也不能挑起箢篼打赤脚跟我们一起挑土挖土朝堤坝上奔跑了。

我们小湾民工排失去了一员苦干大干的战将。

我和桂桂泽林一起，在工棚里守着老矮。老矮已经洗擦干净了，浑身上下都穿戴整齐，换上了他从家里带来的换洗衣服。

桂桂洗干净了老矮的泥巴衣服，放在工棚外晒着。老矮没有鞋子穿，打着赤脚。

泽林拿出自己的鞋子，要给老矮穿上，他们两人的脚差不多大，我的脚比他们的脚小多了。

桂桂拦住了泽林。桂桂从里间拿出了一双新布鞋给老矮穿上，正好合脚。

我明白了桂桂在工地纳的鞋底子是谁的了，桂桂是帮老矮做的鞋子。可惜老矮生前并不知道。老矮深深地爱着桂桂，爱得纯朴而强烈。如今老矮去了，终于穿上了心爱的姑娘给他做的鞋子。

我们听到了广播，我听到了徐英子那好听而兴奋的声音。可我们兴奋不起来，我们失去了老矮，我们没有像其他民工一样，跑到工棚外去叫着跳着，去迎接自己队里来的船只和民工。

我们和老矮在一起。

不知过了多少时候，我们听到工棚外有陈毛子的声音。陈毛子说："到了，就是这个工棚。"

我们三人扭过头朝工棚门口看去，只见我们小湾生产队的十来名男女站在门口，他们背着粮袋子，挑着柴草，扛着行李和工具，会计童吉喘还扛着一爿猪肉，他们呆呆地站着，队长韩瘌痢领头。

我父亲来了，桂桂的父亲也来了。

我哇的一声扑向我父亲的怀里，伤心地痛哭起来。

桂桂怔了怔，立刻趴在老矮的尸体上哭起来。几个妇女立刻进来，陪着桂桂鼻涕眼泪一把地哭着。

泽林走到队长韩瘌痢面前，低着头说："大叔，都是我的不好，我没领好队，老矮死了！"

队长握着泽林的手，说："你们辛苦了，你们都是好样的，只是老矮死了。唉，老矮死了，么样跟他的喉包爹交代呢？”说着，队长的眼泪也掉下来了。

我们四个人，离家才个把月，可变化大了。泽林脸上胡子拉碴的，下巴都瘦得发尖。桂桂脸上的红润没有了，寡黄寡黄的。我是又黑又瘦，头发长得像个囚犯。

而老矮，已经死了。

队长韩瘌痢会计童吉喘和我父亲等男女社员，都留在向阳湖的工棚里，来完成我们小湾民工排的土方任务，泽林、桂桂和我，护着老矮，驾一条小木船回去。

陈毛子和我们队里留下的人到河沟边送行，陈毛子站在岸边默默地望着小船里躺着的老矮。陈毛子在想什么呢？他是在想他作为民工连的领队，自己的队伍里死了人他感到应负的责任吗？他是在想他曾许下回去就发展积极分子老矮入团的诺言吗？

我站在船头，泽林在船尾握桨，桂桂在船舱里陪着静静地躺着的老矮。

我望望向阳湖的这片湖滩，我在这里挖土挑土一个多月，我在这里挨饿受冻了好多天。今天又是个晴天，民工们有了粮食和柴草，又补充了新的战斗力，大家热火朝天地大干苦干。工地上红旗飘飘，人声喧闹，广播喇叭里正在播送一篇表扬稿，徐英子的声音仍是那么好听。

我在心里说：再见了向阳湖！再见了我的工棚！再见了徐英子！我们回家了。泽林把船头调离了岸。桂桂说："老矮，我们回家了！走吧！"

我们一船四个人，离开了向阳湖，转入斧头湖，又进入到风平浪静的金水河。

我们的小船走了三天三夜。湖上的风浪使我们驾船的技术得到了一次次的严峻考验。第四天，当我们看到小湾的轮廓时，我们三个人望着村子，流出了眼泪。

"老矮，我们到家了！"我们三个人一起说。

可老矮还在安安静静地睡着，睡得好沉，似乎正在做一个梦。老矮，你梦见了什么呢？

你的梦该好深好深吧！

附　记

一九六九年，湖北咸宁向阳湖迎来了从京城来的六千多名文化人，中央文化部五七干校在这里开办。三年之后，这些人陆陆续续地离开，回到各种岗位上。若干年后，人们才知道，这所干校集中了中国文化的精英，那些名字说出来，每一个都要令我们惊讶半天，仰视倾慕一回。

向阳湖，是留在许多文化名人心中的一波五味俱全的湖水。

四十年前，在这些文化名人还没到来之时，湖北咸宁九县民工十几万人，就艰苦奋战在向阳湖畔。

我是那十几万民工中的一员，我是个初中毕业回乡的十几岁的小民工，那段日子的记忆永久地刻在我的心壁上，难以忘怀。

十多年前，我写了一部中篇小说，记述我当时的生活经历，现在抄正出来，以献给四十年前战斗在向阳湖畔的我那十几万民工兄弟姐妹。

巫　山

严峻生，武汉某大学哲学系教授，过去的专业是化学，从业余研究巫术起步，且有这方面的专门著作出版。当记者采访他时，他谈起了自己的一段人生经历，且同意记者以此为素材写小说。

那年的七月，学校放了暑假。严峻生在下午四点钟时，锁了家门，提着只黑色旅行包，沿着楼梯从三楼下到一楼。宿舍区很安静，老师们或出外旅游，或回到父母家度假，严峻生住的这栋楼都是青年教师的宿舍。严峻生下到一楼后站住了，身边有一排梧桐树，有蝉在枝叶间枯燥地叫。

严峻生站了一会，又返身上楼，到自己的家门前停下。从裤带上把一串钥匙摘下来，踮起脚放到家门的门框架上。

所谓家，就是一间十四个平方的房间。严峻生在里面生活了十多年。

严峻生放好了钥匙，转身匆匆地下楼，头也不回地走了。他在校园里低着头走，不看任何人，不愿与任何人打招呼。出了校门，上了公共汽车。车上有座位，他坐下，把旅行包放在膝上，摸了摸包里的那只方匣子。他仿佛摸着了甜甜的头发，说：甜甜，好女儿，我们这就出发。

公共汽车直达江边，严峻生下车后，过轮渡到汉口，找到了禹王号旅游船，并找到了自己的舱位。

这是条小型旅游船，舱位很小，只放两张双层木架子床。严峻生爬到一张床的上铺，安顿好了旅行包里的匣子，就坐在上铺等着开船。禹王号要六点钟才离港起航。

舱位里另三位游客陆续来了。大家互相打招呼时，严峻生只是礼貌地点点头而已，显得很木讷。

一阵汽笛响过之后，禹王号在一群亲友的送别声中离岸。没有人给严峻生父女送别，严峻生在上铺把装有甜甜骨灰的匣子从旅行包里拿出来，匣子上罩上了一层白布。同舱位的人猜不出那是什么东西。严峻生面朝舱壁躺下来，把甜甜放在身边。

舱室里有一只小风扇在转动着，且有江风拂拂地吹进，不是太热。

严峻生泪流满面地托着白布罩着的匣子。严峻生说：甜甜，好女儿，我们去游三峡，爸爸和你在一起。

去年天气才刚刚回暖时，严峻生就答应甜甜，暑假带她去游三峡，看那巫山神女。甜甜当时高兴得拉着爸爸直旋转。爸爸，到时可不能要赖哟！严峻生说，决不要赖，但你的高小毕业考试每门功课要达95分以上。甜甜说：好！我们拉钩。严峻生的小拇指就和甜甜的小拇指钩在一起了。

考试完了，甜甜的成绩在班上名列第一，顺利地升入严峻生所工作的大学附中。严峻生给甜甜做了好吃的。提前买好了去三峡旅游的船票，父女俩在兴奋中作好旅游准备。

半夜里，甜甜喊头痛胸闷，要喝水。严峻生起来倒凉开水时，顺便摸了摸甜甜的额头，甜甜在发烧。

天刚亮，严峻生就用自行车驮了甜甜上医院。学校医院水平有限，严峻生把女儿送到省医学院附属医院。一位值班的中年医生先是量了一下体温。孩子在发高烧，他说。中年医生伸手摸了摸甜甜的下巴颏下面，又摸了摸甜甜的腋下。紧张地盯着医生看的严峻生发现医生的眼睛睁大了，眉梢跳了跳。医生坐下来，在几张单子上写着字，嘴里在和严峻生拉家常。这孩子上初中了吧？暑假后就上。成绩好吧？毕业考试在班上是第一名。严峻生回答时，甜甜在一边羞涩地笑了。漂亮的脸蛋红红的。

医生填完了几张单子，叫来了护士，让护士带严峻生父女去几个地方做检查。医生微微地叹了口气，严峻生却没怎么在意。大约是感冒吧，他们后天就启程去三峡呢！

检查的结果都有了，护士把甜甜带到观察室休息，让严峻生把检查的单子送到医生那儿。不知怎么的，那个秀气的护士看严峻生的眼光里有着几分忧虑。

一切都明白了，当中年医生看了那些写有检查结果的单子后，半天才开口说，你女儿患的是淋巴癌。

犹如一根棍子，一下子把严峻生打倒在椅子上。邪恶的力量从四方向他压过来，他觉得自己的身子被压成了一张薄纸，飘飘散飞，飞向一片虚空。他想抓住点什么，但什么都没有，他没什么东西可抓。终于，他落到地上来了，他看见了面前坐着的那位中年医生。

医生说：住院，马上住院！

甜甜有救么？医生！你们要救她啊！她是多么聪明懂事的孩子，她是个多么好的孩子啊！没有了甜甜，我怎么办？失去了甜甜，我还剩下什么？医生啊，你要救救她！他可怜巴巴地在医生面前喃喃道。

我们会尽一切力量的，请你放心。医生同情地拍了拍他的肩膀，叹了口气说。

甜甜从此就住进了这家医院。严峻生从此就天天陪着女儿在病榻旁。医院里使尽了力气，严峻生使尽了力气，终于没能挽救一个小女孩的生命。严峻生和甜甜在医院里待了一百零八天，当甜甜最后在他怀里说了：爸爸，我要和你永远在一起！爸爸我爱你！爸爸你带我去三峡啊！之后，就咽了气。甜甜死的时候，十三岁还差二十天。

严峻生抱着甜甜的尸体号啕大哭，那哭声真可谓惊天动地。甜甜，我的女儿，你走了，你丢下爸爸走了，你带走了爸爸的希望，你剜走了爸爸的心，你击断了爸爸的精神支柱！严峻生已经枯瘦如柴，两眼发红，头发蓄得好长好长，胡子拉碴的，形同一个幽灵。

医生和护士劝阻着严峻生，把甜甜送进了太平间。

严峻生不吃不喝，在医院太平间门口的台阶上坐了一天一夜。

甜甜临死之前，闭口不提妈妈二字。一百零八天里，严峻生偶尔看到甜甜默默流泪，但就是不提妈妈。他心如刀绞。

甜甜的妈妈，那个狠心的女人，曾在严峻生心上狠狠地刺了一刀。甜甜死时，她也许在大洋彼岸，正在与另一个男人寻欢作乐吧！

甜甜，你想过你妈妈吧？你悄悄地流泪，你的泪水是为她流的么？她不值得你流泪，我的甜甜好女儿！

严峻生在甜甜死后曾想过，在女儿住院期间是不是应该给在国外的那个女人去一封信，或许她会回来见女儿一面。甜甜在这女人宣布与严峻生离婚之后，就从没在他面前提起过妈妈，多么懂事的女儿啊！甜甜，你死时没有见上妈妈，你遗憾么？但你那妈妈不见也好，是她抛弃了我们父女，是她在出国半年后与爸爸离婚，嫁给了一个美国佬。这些事爸爸没跟你细说，但你都知道。甜甜不提妈妈，是怕爸爸伤心。甜甜，你留下了爸爸一个人，爸爸多么痛苦啊！

舱位里的灯亮了，吊在舱顶的那只塑料喇叭匣子响了。游船上的播音员向游客们问了好，公布了游客在船上应注意的事项。播音员告诉大家，船尾厨房里有肉丝面出售；中舱里的娱乐室开了门，欢迎大家进去玩扑克麻将，看电视；顶舱有小舞厅，欢迎大家跳舞，每张舞票十元。

有两个女子进了严峻生的这个舱室，这两个女子与舱室里的另三个男子是一起的。两个女子一进来，舱室里就热闹了。

“走，吃面去，大刘你请客！”一个大嗓门女子说。

“请客算什么！我现在担心的是我这两条腿往哪里放的问题，这床比我的身子短了一尺。”身高一米八的大刘说。

“谁让你长这么高的？从膝盖这里锯下来！”大嗓门说。

立时一阵笑声。

“怎么，这位都已睡了？”另一个柔柔的女声。

“他一上船就睡了，好像有什么心事！”一个男子压低嗓门说。

“嗯，我感觉到了一股阴沉之气在舱室里游荡，这位朋友肯定遇到过灾难。而且不是一般的灾难。”柔柔的女声说。

“你这个巫婆又来神了，你不认识人家怎么就知道人家有什么灾难。你得注意点，不是熟人，可别乱开玩笑。”一个男子低声说。

“我是凭一种气感。每个人都有一股气，这种气一般练气功的人都能感觉，我也说不清楚。”柔柔的女声辩解。

“好了好了，咱们吃面条去！”大刘说。

一伙子五个人，离开舱室朝船尾走去。

禹王号游船在长江里稳稳地航行着。

严峻生没有睡着，刚才几个男女的对话他都听到了。他翻身坐起来，抱着匣子，从上铺溜下来，走上了夜色里的船甲板。甜甜，爸爸带你看看夜江景色。

小小的禹王号游船，灯光灿烂，欢声笑语不时溢出。夜的长江，江水在灯光下显得淡黄如纸，船行的前方，夜幕如瀑，点点航标灯在闪烁，来往船只拉响短促的汽笛。江风柔柔地吹过来，严峻生觉得冷飕飕的。生活如果能像这游船，朝着明确的目标驶去，该是多好。严峻生觉得面前没有目标。妻子弃他而去，爱女顷刻消亡，由于他在医院里陪着女儿，失去了晋升副教授的机会。甜甜死后，严峻生试着给学生讲了几次课，效果糟极了，讲着讲着他就在讲台上哭了起来。于是系里就连着两个学期没安排他的课了。严峻生除了在他的那个十四平方的家里陪女儿外，什么都不能做，他成了个废人。今后怎么办?他什么打算也没有，只想陪甜甜走一趟三峡，再找个归宿吧。

江风大了些，严峻生似乎看到江风掀动着甜甜的裙裾，露出嫩藕般的腿子。他不由抱紧了怀里的匣子，朝舱里走去。甜甜，我们回去，甲板上风太大了。

舱室里，严峻生把甜甜在上铺安顿好，在下铺的床沿坐下来，高个子大刘回来了。

大刘微笑地朝他打招呼："不去消夜么?"

他摇了摇头说："不饿，上船前吃得很饱。"

大刘请他抽烟，他谢绝了。大刘告诉他，他们五个人是长江流域规划办公室的，常年搞的是长江流域的规划工作。这次算是有了个假期，作为游客，好好地看看三峡。他们四个跳舞去了，我不会跳，就回来了，大刘说。

他告诉大刘，他姓严，在一个大学里教书。

说了一会话，多是大刘说，他听。十点钟左右，他就爬到上铺躺下了。甜甜，睡觉了，已经十点钟了。

不论严峻生怎么木讷，不论严峻生怎么成天沉浸在与甜甜的心谈中，他终于脱不了活泼的生活，他终于与长江流域规划办公室的五名游客认识了。严峻生认识这五个人，是船到宜昌，停在葛洲坝船闸边等待过坝的时候。和严峻生同舱的三个男人是高个子大刘，胖乎乎的青年姓李，戴眼镜的姓王，他分别称他们小李小王。两个女的，大嗓门的叫张燕，脸上有雀斑；柔柔声音的叫巫月，长脸。两位女子都有二十七八岁的样子，长得不漂亮也不丑。这五个人挺快活的，小李小王是电工，两位女性是财会人员，大刘是卡车司机。

五个人都喊严峻生为严老师。

小李和小王跟张燕在一起的时间多些，张燕的大嗓门在禹王号游船上这里那里响着，并且他们联络上了另一个武汉的游客，凑成了个麻将班子，打麻将打得热火朝天。当然要带点彩，玩两分的，两分就是两块钱。

大刘是个老大哥的形象，巫月不玩麻将，就常与大刘待在一起。巫月练气功，而且练到相当的火候，能发气。大刘因吃了船上的硬饭，胃感到不舒服，她就让大刘躺着，站在三尺开外竖起双掌发功。大刘开始觉得胃部有点热，热过一阵后，就连叫："好了！嗯，好了！"

张燕见了，就说："巫婆，又在卖狗皮膏药！"

禹王号游船停在船闸里，一下子升得很高，又一下子降得很低，那是闸门在调节水位，让船队平稳过闸。严峻生站在船舷边，扶着栏杆，体验着从波峰到浪谷的那瞬间变化，呆呆地看着浑黄的江水旋起的泡沫，似乎在悟着什么道理。

这时，一直站在严峻生身边的巫月说话了。

“严老师，你很忧郁，你经历过大灾难，现在需要从灾难中解脱出来。”

严峻生吃了一惊，转过身呆呆地看着巫月，什么话都说不出来。他觉得巫月的那双不大的眼睛里透出柔柔的光中有一种锐利，似乎穿透了他的灵魂，到达了他的心底。这个女人怎么啦？这个张燕称之为巫婆的女人怎么啦？她要干什么？

就在严峻生发呆的当口，巫月向严峻生身边贴近了一步，严峻生就觉得有股气很强烈地撞了他一下。巫月抓起严峻生的左手，命令严峻生摊开手掌。严峻生感觉到巫月柔软的手把自己的手心手背捏摸了一阵，然后很认真地看了看手掌的纹线，说：“严老师，你好命苦！你失妻丧女，事业受挫，郁气阻心。严老师，你必须要立即解脱，不然要毁了自己！”

严峻生像听到一阵惊雷，浑身震动了。他莫名其妙，他恍恍惚惚，这是怎么回事？我真的碰上个巫婆了，她为什么能知道我的一切，难道她在我工作的学校有朋友熟人亲戚？她为什么能弄得这么清楚？我跟她是第一次见面的啊！世界上难道真的存在着这种事吗？这是迷信还是一种学问？总之，严峻生紧张地盯着巫月，说不出话来。

看到严峻生的神态，巫月倒有点紧张了：“严老师，我只是凭我的感觉说的，错了你千万莫见怪！”

“巫月，你瞎说个啥呀，快给严老师道歉！”原来大刘也站在一边，看见了这阵势，赶快出来打圆场。

严峻生却痛苦地摇了摇头，苦笑着说：“巫月，你说的都是真的，不用道歉！你说说，你是怎么知道这一切的？你去过我们学校么？”

“我没有去过你们学校，我这是第一次见到你。严老师，我觉得你是个好人，你的痛苦使得我好难受，所以我就真实地说了我的感觉！严老师，我希望你过得好一些。”巫月很诚恳地说。

“谢谢你，巫月！你是个好心人，但是我求你不要打扰我，让我安静地游完三峡，我是和我的女儿甜甜一起来的，我要和她待在一起。”

“你的女儿甜甜？严老师，我们怎么没有见到她？”巫月惊讶地问。

“这孩子从小就有一种恐高症，这船闸这水流的落差太大，我担心她害怕，把她一个人留在舱室里了！”

“舱室里没有人呀，他们都出来了！”巫月说。

“巫月你不要问了，让严老师安静一下吧！我知道严老师是带着女儿来的，他的女儿很听话，在舱室里静静地待着呢！”大刘突然明白了严峻生经常抱在手上的那个匣子是什么了，他拉着巫月走开，附在她的耳边悄语了几句。

巫月说出严峻生的灾难，完全是一种无意识的直感，当她听了严峻生带着女儿的骨灰盒游三峡时，她的心灵受到了撞击。这个处在痛苦中的男人啊，要想法子解救他。当巫月想要设法解救严峻生时，她并没有想到自己是否有这个能力。她只是凭一种冲动，一种直觉，要让这个男人尽早走出灾难。

严峻生要求巫月不要打扰他，巫月就在暗处静静地关注着严峻生的一举一动。

大刘拉着巫月走开了，禹王号游船随着一溜船只顺利过坝，拉响一声汽笛后，在宽阔的江面继续前行，开始进峡了。

“甜甜，我们的船已经过了船闸，开始进峡了。我带你出来玩吧，马上就能看到一些景色了！”严峻生回到舱室里把匣子从上铺拿下来，抱在怀里，重新走上甲板。“甜甜，你看这儿的江面好宽阔。前面就是南津关，然后就可以看到黄牛峡、灯影峡、明月峡等很多峡谷了。但这些峡都只是三峡的第一个峡西陵峡，一直到官渡口止。甜甜，你看见了吗，那高高的崖壁，那狰狞的石头。别害怕好女儿，好看的还在后面呢！”

严峻生在甲板上站着，心里在与甜甜对话，眼睛看着江上风景。

巫月和大刘站在远远的船舷边，注视着严竣生。“我们想办法帮帮他，大刘！”巫月说。

“你这个巫婆，真有那么大的法力么！”大刘说。

“我从没觉得我有法力，我只是凭直觉！”巫月对大刘说。

船上的广播通知：厨房里现在开始供应午餐。

严峻生还呆呆地站在甲板上，一动也不动。

巫月说：“大刘，你去买三份饭来，我在这儿等着。”

大刘把三份盒饭买来了。巫月拿起一份，走近严峻生，柔柔地说：“严老师，吃午饭了！”

严峻生回过神来，看到巫月眼里的关切，就接过饭盒说：“谢谢你，巫月！”

巫月回到大刘身边，两人在船舷边吃饭。

“他们四个还在战斗呢，瘾头真大！”大刘说。

巫月却像没听见一般，在想着什么。

张燕和小王、小李及那个武汉人组成的麻将班子，上船不久，就扎在一起玩麻将了。白天玩，晚上也玩，常常是凌晨一两点才回舱室休息，游船上的电是不停的。巫月说：“你们是出来旅游还是出来赌博？”

“这叫什么赌博？这叫好玩，输赢几十百把块钱。你没看别人玩的麻将，输赢都是几千块，那才是赌博！”张燕说。

“你也看看风景哪！”

“这风景我还没看够？不就是石头，山呀水的么！何况我们一边玩麻将还可以一边看的嘛！”张燕说。

禹王号驶入巫峡段，下午两点左右，接近神女峰了。巫山神女，有多少传说？留给游客多少想象？游三峡，在神女峰上看不到神女，岂不是白来了一趟。但是，就是有人进出三峡几次，一次都没看到过神女的倩影。其实所谓神女，就是神女峰边一块兀立的石笋。看神女，需要好角度，和相应的天气。据说小阴天下点毛毛雨最好。这时神女的韵味最足，看得最清晰，而且是飘飘欲仙地生动。

禹王号到神女峰附近时，天正好洒下点点细雨，没有太阳，是看神女的最好天气。

游客们除了张燕他们四个玩牌的外，全聚到甲板上船舷边，有的还拿着望远镜。

严峻生抱着女儿的骨灰盒，在前甲板上占据了一个最好的位置。严峻生说：“甜甜，好女儿，咱们马上要过神女峰了，马上就要看到巫山神女了！甜甜，你的眼睛好，两只眼睛都是1.5呢，你会看得最清楚的。”

游船上传来一阵阵惊呼：“啊，看到了！看到了！神女，好像好像！看，还穿着裙子呢，连衣裙！”

“她在向我们招手，她在向我们问好！”

啊，是的，严峻生也看到了，看得好清楚。在直立云端的神女峰旁，有一俊美女人，亭亭玉立，侧目远眺。她怎么不朝我们这边看呢？她怎么不看我和甜甜呢？啊，还有一个女人跑到神女峰下立着呢，她是谁，她怎么是陈娜？是陈娜！是她，那个贱女人，无耻的女人，那个自荐枕席，朝云暮雨的女人！

严峻生紧紧盯着神女峰旁的那个女人，眼里全是冷气寒光，是压抑不下的激怒。

巫月和大刘在前甲板的另一个地方，紧紧盯着严峻生和他手里抱着的匣子。

陈娜与丈夫严峻生在同一个大学里工作，陈娜在外语系当教师。

陈娜读大学时，是学校里的校花。她苗条白皙，妩媚俏丽。大眼睛高胸脯杨柳细腰，当年曾吸引了多少风流学子。陈娜最终看中了严峻生，嫁给了严峻生，生了女儿甜甜。追求过陈娜的人想不通，陈娜到底看中了严峻生的什么？是看中了严峻生的呆气么，陈娜自己也说不清楚。她只说严峻生这人重感情，靠得住，永远不会背叛她。

陈娜和严峻生在那间十四平方的房子里组成了一个家，生了甜甜后，安心教书，英语水平在系里是公认的呱呱叫。甜甜十一岁，出落得成一朵娇艳的小花，陈娜揽镜自照，发现自己也并没有人老珠黄。三十五岁的女人，身材没变，皮肉没松弛，胸脯还那么饱满坚挺，少妇的韵味更超过少女时代，具有更大的魅力。

陈娜却常常自叹，难道这辈子就这么过算了？夫妇俩都是讲师，工资只那么多，住的房子看样子也很难改变，学校人太多，轮不到他们。相比之下，社会上一些人的消费却令人咋舌。出进星级酒店，豪华车，大哥大，一套服装上万元，两百万元一套的花园别墅楼眼都不眨就买下来，陈娜越想越有一种失落感。自己哪一点不如人？做生意，赚他个百万千万元的，她和严峻生都不是这块料。就安贫认命吧，那种躁动却又难以平静下来，她似乎在等待着某种机会。

外语系来了几个外籍教师，其中有个叫查理的美国人，一米八的个子，高鼻蓝眼黄头发，真够帅的。

查理第一次见到陈娜，发出惊叹："呀，陈小姐，你真漂亮，东方美人啊！"并张开双臂，要拥抱她，她吓得心惊肉跳地跑开了。

在一起工作，她发现查理这个人不错。查理工作认真负责，对学生很热情，对系里的中国教师很友好。

查理对陈娜说："中国好，中国人很好。只是有一点不好，中国找不到爱情，我找不到情人啊！"

查理的话，说得陈娜心里直跳。陈娜说："查理先生，这是东西方的文化差异，习惯不一样。"

陈娜和查理很接近。

查理在一个星期天突然访问陈娜，这使陈娜和严峻生感到慌乱。

查理迈进他们的十四平方米的家时，惊奇地问："陈小姐严先生，你们和你们的女儿就住在这儿？"

陈娜点点头。

查理说："这房子太小了，要是在我们美国，你们夫妇都在大学教书，是可以住上一大套房子的，甚至买得起一栋别墅。"

查理走后，陈娜叹气。严峻生说："这是中国，别听美国人那一套。"

陈娜说："我们要是有机会去美国就好了！"

陈娜想，我为什么不能去美国呢？我的英语连查理都赞赏不错。我若有机会去美国，将来再把严峻生和甜甜弄出去。可是怎么才能去呢？没有门路，公派轮不上，自费没钱，又没亲戚朋友在美国。要想实现这个愿望看来只有靠查理，为什么不和查理做朋友？查理不是说中国缺少爱情吗？那我就给他爱情吧！

"陈小姐，你天天总是这么漂亮！"在一次没旁人在场，查理这样称赞陈娜，并扬起双手做拥抱状时，陈娜没有脸红心跳地躲开，而是投入了查理的怀抱。

查理很有分寸地吻了吻陈娜的面颊。

查理邀陈娜到市里外宾俱乐部跳舞，陈娜欣然应允，并着意地打扮了一番，使得查理见了，又激动一番：“陈小姐，东方美人啊！”

查理的舞跳得棒极了。陈娜像个依人的小鸟，偎在查理怀里，含情脉脉，使得查理充满了爱情。

舞场上有一场情侣舞，熄了灯跳。查理紧紧抱着陈娜吻着，一只手拥着她的腰，一只手在她的胸脯和大腿根抚摩着，弄得陈娜“唔唔”地哼着。

灯亮了。查理松开了陈娜，请陈娜坐到一边喝饮料。欣赏着陈娜满面通红的模样，哈哈笑起来。

舞会没完，查理拉着陈娜出了俱乐部，拦了辆出租汽车，回到学校。查理瞒过了守卫，把陈娜带进了他住的外籍教师楼。一进房间，查理就把陈娜像鸡样扔到床上，然后像堵墙般压到陈娜身上。

陈娜处在一阵暴风骤雨中，她的耳边响着查理的声音：“陈小姐，谢谢你给我的爱情，多美的爱情啊！”

在查理的床上，陈娜作了一场去美国的梦。

这梦后来还真的成为现实。一年后，查理回到美国。两个月后，陈娜得到了去美国留学的签证。

学校里有人说，陈娜是用自己的美貌和肉体取得这张签证的。只有严峻生不知道，他相信妻子。陈娜去美国也好，将来甜甜和他也可以去。他倒不是像陈娜那样迷信西方，只是觉得如果有机会到美国去看看，对他这个三十多岁的教师是会有好处的。特别是女儿，将来有机会到国外留学，那是多么好啊！

陈娜刚到美国，不断地给严峻生写信，给甜甜寄明信片；但是半年之后，却寄来了一份离婚申请书。

严峻生这才明白陈娜与那个美国人查理的“爱情”。他气得咬牙切齿，恨不得杀了那个与自己生活了十几年的女人。你欺骗了我和女儿甜甜，你这个十足的荡妇！

严峻生同意离婚。陈娜说，甜甜留给严峻生在国内上学，待她高中毕业后，再把她接到美国去读书。

可是甜甜把妈妈给她寄的明信片全都烧了。甜甜说：“爸爸，我和你永远在一起，我不去美国，也不见妈妈。”

严峻生就把甜甜抱在怀里，泪流满面，心里说：“好女儿，乖女儿，爸爸为了你，可以赴汤蹈火，可以去死！”

此刻严峻生眼露寒光，盯着巫山神女，咬牙切齿地嘀咕：你个贱货，看老子不杀了你。那变作了陈娜的神女却望都不望禹王号游船上的严峻生和甜甜一眼，显得异常冷漠。

禹王号游船拉响了一串汽笛，在游客们争睹神女的喧闹声中，掉了一下船头，神女消失了一刹那又出现了，这时已经换了一个角度。那神女在人们的视线里，更清晰更逼真了。这个角度的神女，显得飘逸清秀，甚至有点天真烂漫，完全是一个少女的形象，似在朝着游客们微笑招手，说着：你好，欢迎你们到神女峰上来。

游客们兴奋极了，发出了一声声的惊叹。

严峻生盯着神女陈娜时，那女人突然消失了，只见一片苍碧的山峰。过了一会，神女又出现了。严峻生现在看到的神女不是陈娜，而是他的心肝宝贝甜甜了。

甜甜站在神女峰边，在几片淡云的衬托下，显得那么漂亮那么招人喜爱，似乎在对严峻生招手，对严峻生说悄悄话。

爸爸，我的好爸爸，我好久没见到你了，我好想好想你啊爸爸。爸爸，甜甜现在很好，甜甜的病也好了，甜甜的日子过得好快活。爸爸，你看这三峡，这神女峰的景色多好啊，有百鸟与我做伴，有百花供我采摘，有百果供我食用。爸爸，我都已经成仙了。爸爸，我想回去看你，你一个人过日子好苦吧？没有甜甜给你做伴，你一定很寂寞。甜甜没有爸爸在一起也很难受。爸爸，我说过，我永远不离开你，我要永远陪伴着你的，爸爸，你来吧，你快来吧！船就要开过去了，甜甜快再也见不到你了。爸爸，我的好爸爸，你来接甜甜回家呀，甜甜等你好久好久了，爸爸！严峻生目不转睛地看着神女峰下的女儿，听着甜甜一声声呼喊，不禁泪流满面，也在心里喊道：甜甜，你等一等爸爸，爸爸这就来了，爸爸接你回家！

就在严峻生处在一种恍惚沉迷之中，正准备从甲板上往下跳的一刹那，他的两只胳膊被人拉住了。

“严老师！严老师！你怎么啦?”有个声音在喊他。

严峻生清醒过来，他看到站在他身边的巫月和大刘。天已经下起了毛毛雨，游客们大都回到舱里去了。巫月举着一把伞给严峻生遮雨，一只胳膊挽着严峻生的左臂。大刘挽着严峻生的右臂，另一只手托着严峻生不离身的匣子。

那神女峰边的甜甜，已经消失了，严峻生急得直跳脚，问巫月：“甜甜，甜甜呢?”

巫月指指大刘手中的匣子，说：“严老师，甜甜在这里呢，他大刘叔叔带着呢!”

严峻生一下子从大刘手中夺过匣子，紧紧地抱在怀中。此时，他已从恍惚沉迷中清醒过来，他明白了刚才的一切都是幻觉。他低着头，对巫月和大刘说：“对不起，我刚才失态了。”

巫月说：“严老师，你一定要从这种痛苦的心态中走出来，你不能一天到晚总想着失去爱女的痛苦。你如果总是这个样子，甜甜要是有知的话，也会伤心的。”

严峻生没有言语，泪流满面地抱着甜甜的骨灰匣，走回舱室，爬到上铺躺下了。

大刘和巫月只好不再说什么，两人就坐在舱室里不急不缓地说些闲话，但彼此心照不宣的是：他们要照看好严峻生，要帮助这个不幸的人。

不一会，巫月感受到了一股气息弥漫开来，那就是严峻生周身的阳气上浮，阴气下沉。她预感严峻生很快就会从迷误中走出来，会有一个好的结局。而这一切，必须要看准火候，由严峻生自己去体验去觉悟。

巫月想把自己感到的东西说给大刘听，但她忍住了。她怕大刘和张燕一样，说她神神经经的像个巫婆。有时巫月也不相信自己感受到的东西，但事实证明她感受到的东西都是准确无误的。她自己也解释不了这种现象，是练气功练到一定的程度的结果？是特异功能？抑或真的是张燕所说的巫术？

禹王号游船驶过了神女峰，江面上变得晴朗明亮了。雨停了，下午的太阳又露出脸来了。

傍晚时分，禹王号游船响过一阵汽笛后，在巫山县靠岸了。船舱里响着欢快的音乐，播音员在介绍巫山城的历史沿革。游客们纷纷拥到甲板和船舷边，仰望着长江北岸的这座山环水绕、风景秀美的古城。

巫月却有些坐卧不宁，浑身上下奔涌着一股气流，热乎乎的，逼着她找地方散发。刚才在舱室里，她在读一本关于巫山的小册子。小册子上说：早在唐尧时，巫山以巫咸得名，又称巫咸山。巫咸是一位非常高明的医师，常为帝尧治病。“生为上公，死为贵神，封于是山，因以巫名。”《巫山县志》读到这里时，有一种感觉出现了，巫月觉得巫山城对于严峻生来说，至关重要。他的病只能在巫山治疗。但怎么治？禹王号在巫山只停一夜，明晨游客将转乘小船去大宁河。今晚无论如何要让严峻生到巫山城里走一遭。这当口，一股热气流在巫月身上出现了，而严峻生还在上铺躺着，似乎睡着了，又似乎没睡着。

巫月脑子一转，就对大刘说："大刘，今晚我们动员严老师到巫山城里去转转，他太忧郁了，让他去散散心才是。我就在船上待着，帮他看着甜甜的骨灰盒。你待会帮我劝劝他。"

"好，他是该散散心的。我陪你在船上待着吧！"大刘热心地说。

"那好，你现在去买饭吧，三份！"巫月说。

大刘一出舱室的门，巫月立即站起身，双腿呈骑马步下蹲，双掌竖起，对着躺在上铺面朝舱壁的严峻生发起气来。只听得嗞嗞声响，巫月觉得身上奔涌的那股热气流倾泻而出，强烈而有力地击向严峻生，甚至使得他的身子也颤抖了一下。只用了两分钟不到的时间，巫月将气全部发完，浑身感到舒畅。她非常高兴，她似乎看到严峻生面前的坦途和阳光。但是严竣生今天晚上必须上岸，否则前功尽弃。

严峻生似睡非睡，怀里搂着甜甜的骨灰盒。有那么一会，他觉得有一股热气在他周身拂过，然后进入了他的体内，他的关节和体内的器官立时得到了调节，舒畅和轻松溢满了灵肉，近两年啦，他从没这种感觉。

大刘的份饭已经买来了。巫月推了推严峻生："严老师，吃饭了，起来吧！"

严峻生从迷蒙中醒过来，听到巫月的叫声后，从上铺下来，似乎有些不好意思地朝大刘和巫月笑了笑，情绪与过神女峰时比起来，判若两人。

"谢谢你们了！"他从巫月手里接过饭盒，有滋有味地吃起来，食欲是少见的好。

吃完晚饭，严峻生主动把三只饭盒收起来送到厨房。

"严老师，你今晚到巫山县城里去玩玩吧，你需要排遣排遣心中的忧郁！"巫月望着严峻生的眼睛，诚恳地说。

严峻生的心动了动，巫月大刘真是好人，他们是为了帮助我。是应该到岸上转悠一下散散心，带甜甜一起去。但天黑，甜甜又有早睡早起的习惯，把她留在船上，一个人怎么行呢？

似乎看透了严峻生的想法，大刘说："严老师，你就一个人上岸去好好玩玩吧，我和巫月因在长办工作，巫山县城是去过好多次了，我们在船上陪甜甜。"

严峻生朝大刘和巫月感激地点了点头。

晚饭前，张燕、小王、小李和那个武汉人的牌局终于结束。总结战绩，小王大胜，几天来总共赢了两百多元，而张燕输得太惨，损失达到三百多元，小李和武汉人输赢不大。小李说：“本来就是娱乐嘛，混时间，图快活。”

“人家说，三男一女打牌，总是女人赢，你们他妈的太没绅士风度，让我一个人输，不像话！”张燕愤愤地说。

“是小王赢了你的钱，不是锅里碗里的事么？叫小王还你。”小李嬉戏着说。

张燕瞪了小李一眼。“小王，你请客，今晚我们上岸跳舞，一切消费都是你的。”张燕说。

“那没问题！现在我请你们吃晚饭。”小王很大方。

“请吃饭可以，不吃白不吃，请跳舞我们可不去。你和张燕去吧。”小李说。

饭后，小李小王回到舱室，请大家跳舞去。巫月和大刘表示不奉陪。严峻生说他要一个人转悠。

“那就我们两个去，好好地玩玩，反正这游船通宵都不锁舱门，明早才出发。”张燕说。

过了神女峰之后，严峻生的心情好多了，他自己也说不太清楚这种变化。他好像从一种忧郁沉迷中复苏解脱开，一种精神上的追求出现了。他毕竟还不到四十岁，还有许多的日子要过，这也是甜甜所希望的。严峻生的这种顿悟，是不是巫月的气功或者说是巫术所起的作用？这是难以说清楚的。几年之后，严峻生研究中国巫术，他给巫术下的定义是：巫术是早期人类与自然界做斗争的一项手段，通过巫术行为的有形活动与信仰，激发人类对自身能力的认识和信心。巫月练的是气功，有些东西她是知其然而不知其所以然的。巫月很敏感，能感觉到好些事情，但说不出道理。但她通过语言和行动，激发严峻生对自身能力的认识和信心这一点，是不可否认的。

严峻生把甜甜托付给巫月和大刘，在夜幕降临江面，巫山城满城灯火的时候上岸了。巫月追上来说了句："严老师，我预感你今天晚上心情会很愉快，会有个很大的收获的！严老师，要充满信心！"

"谢谢你，巫月！"严峻生说。

严峻生从禹王号游船登上江滩，江滩的沙土柔软温暖，严峻生的感觉很好。当他一步步爬上江岸，走进巫山县城的一条街时，就立时融进了生活的热流中。他不急不缓地在街道上行走着，看两边的各种店铺，以及店铺里摆着琳琅满目的商品。顾客出出进进，购买着各种土特产，严峻生看出，这些人多数是旅游者。巫山城这几年随着旅游业的发展，已成为长江岸边的一个大埠了。

转过一条街，两边是各种小吃，食物多放麻辣，典型的四川口味。严峻生看到那些吃小吃的游客，一个个辣得发出咝咝声，但又吃得津津有味。严峻生想，生活就是这样的呢！

到了一个有些热闹的去处，人声喧嚣，音乐声热烈。严峻生抬头一看，亮着灯的招牌写着：月圆歌舞厅，票价每张十五元。十五元一张舞票，很便宜。严峻生对舞厅很陌生了，自从陈娜走后，他再也没进过舞厅了。本来他是很能跳舞的，舞技也不差。今晚他感到许久未有的好心情，听到那熟悉的舞曲，他不禁想进去看看，今晚不是出来散心消遣的么！主意一定，他掏钱买了一张舞票。

舞厅很平常，四周有座位，有乐队伴奏。跳舞的人大约有三十来对，不少。乐队奏的曲子热烈，节奏感却不甚鲜明。严峻生在一个空座位上坐了，静静地看着舞池中跳得很畅快的人们。他发现，这些跳舞的大多是旅游者，果不其然，就有人走上台去唱歌，唱歌者是宜昌市来的某个公司的经理。不论乐队怎么努力，那歌唱者还是唱得有些走腔跑调的。

乐队奏了两支热烈的曲子后，又奏起了一支轻柔抒情的慢舞步曲子，真好听。严峻生甚至也想上去跳一曲，他快两年没跳舞了。

严峻生扫了一眼舞池边座位上的人，看到坐在他旁边不远处有个穿蓝色连衣裙的女子。这女子坐在那儿，娴静端庄，长发梳成马尾扎在背后，脸上化淡妆，眼睛大大的，皮肤白皙，气质不错。严峻生感觉到她正在朝这边扫描，看样子也是一个人没有伴。严峻生太想跳这支曲子了，他站起身，走到那蓝衣女子面前，躬躬腰，说：“能请你跳一曲吗？”

那女子微笑着站起来，说：“谢谢！”

两人走进舞池，眼光互相对视了一下。这样的对视，其丰富内涵严峻生事后分析起来，真是应有尽有。那是互相对心灵的洞察，是理解，是默契，是一切。

两人把手伸出来，搂腰搭臂，迈出脚步，那种心灵的感应，准确无比，达到了一种天衣无缝的程度。

舞曲奏得轻曼，舞步跳得轻松自如，透出了一种亲密无间。两人是第一次见面，相互是陌生的，甚至不知道姓名。但是随着舞步的迈动，两人像是熟悉很久了解很久的朋友与情侣。

“先生，你的舞跳得真好！我的感觉好极了。”女子说。

“小姐，是你跳得好，跳得好轻好熟练！”严峻生说。

“称我小姐好像不太合适，我觉得我好老了！不过现在我觉得我好像年轻一些了。”

严峻生仔细地打量了一下怀中的舞伴，她绝不是少女，但也说不上老，大约就三十来岁吧！她是什么人？干什么职业？看上去是个知识文化人。她为什么一个人来舞厅，也是来旅游的么？她略微显得有点憔悴，但挺耐看，气质不错。

“你还很年轻，怎么不称小姐？在国外连六七十岁的老太太都可以称小姐的！”

“国外对结过婚的人是不能称小姐的！我不能称小姐！”

“那称你夫人吧！”严峻生笑着说。

“随你的便吧，先生！我觉得今天碰到你很幸运很愉快！要不然我又是一个孤独的夜晚。你呢，怎么一个人呢？”

“我一个人已经好久了。我有一个女儿，在花朵一般的年龄夭折了。她的灵魂和爱陪伴着我！”

“你的夫人呢？”

“不提了，她远走高飞，去了国外，不再回来了，嫁给了外国人！”

“对不起，我不该问起这些不愉快的事情！”女人说完，再不说什么了，但经过手的交流，严峻生感到一股温馨与柔情向他传递过来。

月圆歌舞厅，月圆之夜。蓝色连衣裙单身女子和严峻生跳了一曲又一曲，跳得和谐而愉悦。

“谢谢你给了我一个愉快的晚上！”两人在舞会结束，随着散场的人流走出歌舞厅时，严峻生对蓝衣女子说。

“也谢谢你的友谊！这是个难忘的晚上，你能告诉我你的地址和姓名么？”蓝衣女子说。

严峻生把自己的姓名和工作的学校告诉了她。还说，他正随禹王号旅游船游览。当严峻生希望知道蓝衣女子的姓名和地址时，蓝衣女子却微微地笑了一笑，说：

“请允许我不能对等地告诉你。不过，有情千里来相会，我的情况和你是差不多的，再见！”

说完，蓝衣女子很快地消失在人流中了。

严峻生感到有些惆怅和遗憾。不过，这一晚的邂逅，给他的精神以振作，给他的信心以鼓舞。是的，巫月和大刘的话是对的，我还要生活，我要扬起新生活的风帆。

严峻生顺着大街，轻松地走着，他要快些回到船上去，让自己的好心情也感染一下巫月和大刘，他要让巫月和大刘知道，他的巫山之夜对他后半辈子的人生是个转机。人真是怪，一句话，一次特别良好的感觉，有时会改变一个人的生活。

他要特别感谢巫月和大刘，是他们放弃了到巫山城里的游玩，主动帮他陪着甜甜，使他有机会上岸得到了一次对生活的鼓舞和启悟。他还要对甜甜说：女儿，我的宝贝女儿，爸爸从此要从忧郁低沉中走出来，过一种有滋有味的生活，你一定也会高兴的。

严峻生近两年很少与人打交道，当他兴奋不已匆匆地奔向江畔，这才发现江边的码头不少，而且形状也都大同小异。禹王号游船停在哪个码头？他一下子找不到了。江风拂拂，空气清新凉爽，江滩坐着不少的男女，那大约是情侣。他不好意思去询问打听，就一个码头一个码头地寻找禹王号游船。

在一处旧船阴影遮蔽的沙滩上，他碰到了一对令他十分难堪的情侣。幸好那对男女正在忘情之时，没发现他。而他分明看清了那是禹王号上的两个游客：张燕和小王。

张燕背靠着旧船，小王紧紧地抱着张燕，把张燕抵在旧船上，张燕的裙子被撩开了，轻轻地哼着。

严峻生面红耳热，寻路而逃，不料竟逃到他遍寻不见的禹王号船边。

如今的年轻人啦！严峻生感叹着，同时也有着一种冲动。他是个男人，他已有两年没接触过女人了。他想，回到武汉后，是该找个女人成家过日子了。

严峻生从趸船的跳板上回到禹王号船，找到自己的舱室。微弱的顶灯光线下，巫月坐在床边，怀里抱着甜甜的骨灰盒，与坐在另一张床边的大刘正在闲聊。

“我感觉到严老师今天晚上会过得愉快的，他该从抑郁绝望的生活中走出来了。严老师是个好人。”巫月说。

“唉，好人不一定有好命。我看还得全靠他自己，尽快地忘却过去的痛苦，以重新振作的勇气去创造新生活。”大刘很同意巫月的话。

巫月和大刘的对话严峻生都听到了。他跨进舱室，感动地拉着巫月和大刘的手说：“巫月，大刘，谢谢你们了。我们只是萍水相逢，但你们对我关心、开导，使我受益匪浅。我严峻生能够新生，将来能够做出点什么有益的事情的话，我会牢记着你们的一片真诚的。”

“严老师，晚上过得快活吧？”巫月问。

“快活！很快活！谢谢你们了！”严峻生向巫月和大刘再次道谢。

巫月说：“严老师再别说什么道谢的话了。同船过渡，五百年修，只要严老师日子过得好，过得快活，我们就放心了，是人嘛，谁也免不了倒霉的事，谁也需要别人的关心帮助。”

“巫月说得对。严老师，但愿你今后有好运道。”大刘说。

小王小李和张燕还没回来。巫月回自己的舱室休息去了。严竣生从巫月手里接过甜甜的骨灰盒，爬到上铺躺下了。

夜江，泊船，江风轻轻拂过，船灯摇曳闪烁，好静谧好温馨的夜晚。

严峻生抱着甜甜的骨灰盒，心里有股暖暖的气流，畅畅地滚过，他很快就睡着了。

蓝衣女子朝着严峻生温柔妩媚地笑着，严峻生和蓝衣女子还在跳舞。那舞曲是从来没有听到过的曲子，动听缠绵余味无尽，而且好长好长，长得没有止境。严峻生和蓝衣女子拥抱着。和谐动情，舞步配合得天衣无缝。舞曲无尽地奏下去，舞步无尽地走下去，生活充满了明媚的阳光，世界一片温暖……

甜甜朝严峻生走过来。甜甜抱着严峻生的膀子说：“爸爸，我要个妈妈，你给我找个新妈妈吧！嗯，嗯……”甜甜一边说一边翘起嘴巴撒娇。

“好，我一定给你找个好妈妈。”严峻生按了按甜甜的鼻头，甜甜开心地笑了。

严峻生想，我要给甜甜找个妈妈了。找个什么样的人呢？陈娜那种女人肯定不能再找了，要找就找和我一起跳舞的蓝衣女子那样的人。与蓝衣女子在一起，感觉是特别的好，只可惜没有问她的姓名和地址。但是她不是记下了我的姓名和单位么？但愿奇迹能够出现，但愿蓝衣女子能与我联系。

禹王号游船上的音乐把游客唤醒了。严峻生睁开眼，天已大亮，这一夜是在美好的梦中过去的。他精神很好。

“你昨天夜里玩得痛快么？”小李问小王。

“当然痛快。你呢？”小王问小李。

“我昨夜孤独死了。跟那个武汉人在县城里游荡到半夜，又去喝酒，没意思。”小李伸了个懒腰。

严峻生想起昨夜在江岸边见到小王和张燕在一起的情形，不觉脸热起来。回忆自己梦中情形，他想与他看到小王和张燕那一幕不无关系吧！

音乐放完了，游船上的播音员通知游客：起床后，希望大家抓紧时间用早餐，八点钟，全体游客分乘两条机动木船游大宁河，进小三峡。禹王号仍停在原地，等大家回来，然后返航回武汉。

严峻生翻身起床，第一次和舱室里的三个人每人打一声招呼，问声："早上好!"这使得小王和小李有些惊诧。

洗漱完毕，巫月和张燕过来了。大刘和小王小李去买了六份早餐，六个人挤在舱室里吃，气氛很好。

巫月边吃饭边打量着严峻生。她感觉到严峻生身上散发出来的气是顺正的暖热的，而且脸色不错，那种阴沉呆滞的神气一扫而光了。

"严老师，你昨天一定睡得很好，而且做了个好梦。"巫月说。

"哎，巫婆你安静点好不好？怎么吃饭也要说你的那些感应呢！严老师你别理她，她就是这么神神道道的。"张燕说。

"真的，我睡得很好，做了个好梦!"严峻生笑着说。

"你一定梦见了一个女人，年轻漂亮是啵!"小李玩笑说。

"小李，你乱说个甚!"大刘阻拦。

没想到严峻生笑着承认，他确实梦见了一个年轻漂亮的女人。

大家一起笑起来，严峻生很久没这样笑过了。

巫月感到特别快活。她也说不清楚，严峻生的情绪变化，给她带来的是一种特别好的感受，她觉得浑身通泰，气顺心宁。

上午八点，禹王号上的游客全部上了木船，分坐在木船两边。张燕和小王挨在一起，巫月坐在大刘和严峻生中间。严峻生把甜甜的骨灰匣子装在一个旅行用的布背袋里，抱在胸前。甜甜，我们现在开始游大宁河，也就是小三峡了。严峻生心里对女儿说。

机动木船在大宁河里犁起晶莹的浪花。大宁河两岸山青崖秀，林木葱茏，不断有奇岩异洞出现。导游是个漂亮的川妹子，她把那些自然景点加进了不少人文观点，介绍得情趣盎然，栩栩如生。游客们笑谈着，指点着，其乐无穷。在严峻生眼里，那些一座座迎面扑来又疾速消逝的山峰岩石，好像是有生命的活物，活得千姿百态，生气勃勃。大自然哟，不为悲喜所动，不因成败而移，始终保持着自己的生存品格，就这么岁岁年年地立于天底下风雨中，倔强地作着自己的奉献。

山的奉献是什么？给旅游者一种怎样的感觉和启悟？

有猴在岸边的峰间林中蹦跳作态，给山色一片生机。

严峻生目不暇接地看着两岸风光，本已舒展的胸臆更觉开阔沛然了。

木船驶到大宁河上段的一处地方，傍岸停泊。岸边有古栈道，有铁索桥。河滩上搭有篷帐，有卖各种小吃的炉灶，摆了桌凳。有卖木耳、香蕈、烟草、茶叶、何首乌等各种土特产的小贩。

游客们上岸后，立即散开，各人找各人的乐子。小王小李张燕一起走了，巫月大刘跟严峻生一起。

有几个男女山民拥过来，他们端一盆子，里面装着石头。“同志，买三峡石吧，真正的三峡石，买几颗作纪念吧!”

又拥来一群孩子，衣服穿得有些破，手里端着碗，也嚷着卖石头。

“伯伯，买一颗吧!”严峻生感到谁在扯他的衣角。

是一个大约七八岁的小女孩，穿得很破，一条小辫像猪尾巴，脸黄黄的。她一只手举着装石头的破碗，一只手里捏着几张皱巴巴的角票。小女孩望着严峻生，眼里流出渴求的光。

严峻生心里一紧，忙蹲下问:“你的石头怎么卖?”

“一角钱一颗!”小女孩说。

破碗里的石头质量都很差。

“你怎么不去上学呢?”严峻生问。

“我妈妈走了，不回来了。爸爸打石头摔死了。我自己挣钱上学，现在是放假。”小女孩说。

“你要挣多少钱才能上学?”严峻生问。

“要六十块钱。”

“你现在挣了多少钱?”

“只有两块钱。”小女孩沮丧地回答。

严峻生站起身来，望了望四周的山和山上凿出的古栈道，他想起了女儿甜甜。

“伯伯，买几颗石头吧!”小女孩又扯了扯他的衣角。

严峻生从口袋里掏出了六十元钱，递给小女孩，说：“孩子，这是伯伯给你的上学费。你不要再卖石头了，你要好好的念书。”

小女孩惊讶地将手缩回去，不敢接。巫月把这一切都看在眼里，便蹲下身，对女孩说：“快拿着吧，伯伯给你的。你要好好地念书。”

小女孩接过钱，朝巫月和严峻生鞠了一躬，转身飞快地跑了，破碗里的水和石头全撒在地下。

中午饭是回到禹王号游船上吃的。吃饭时，禹王号拉响了结束三峡之行，返回武汉的汽笛。返航时，禹王号行下水，过宜昌葛洲坝后，再回武汉，大有千里江陵一日还的速度。

船行上水时，游客们沿途观景兴致盎然，行下水时，便大都缩在舱室里，谈天说地三个一群五个一伙。小王小李张燕又找那个武汉人打麻将，寻找他们的乐趣去了。

严峻生显得十二分的平静。他把甜甜的骨灰盒摆在上铺，和巫月在一起研究气感、悟性以及巫术的问题。巫月只能现身说法，讲出她的感觉经印证后的实例，大刘在一边默默地听着。吃饭时，总是他为巫月和严峻生跑腿服务。

禹王号游船回到武汉时，是下午三点钟左右。龟山电视塔和武汉长江大桥出现在游客的眼帘里时，禹王号拉响了雄浑的汽笛，颇有气派。

巫月突然中断了谈话，屏息闭目一会，对严峻生说：“严老师，今天码头上将会有个女人迎接你的归来。”

“不可能的事情，我出来旅游，没有任何人知道。何况在武汉也没有哪个女人会来接我的。”严峻生连连摇头。

“但我感觉到了。我的感觉从来不欺骗我。”巫月说。

禹王号靠了汉口的一个码头，码头上有不少人等着。大刘和巫月都各自看到了自己的家人，小王小李张燕早扬起手，朝码头趸船边接他们的人打招呼。

有一个穿蓝色连衣裙头发梳成马尾扎在背后，脸上化着淡妆、眼睛大大的女子夹杂在人群中。严峻生眨巴几下眼睛，她不是舞场上的那个女子么？她不是出现在他的梦中的女子么？她来接谁的？难道是来接我的？天哪，巫月，你真是个巫婆！

下船后，严峻生和巫月、大刘等五人一一告别，感谢他们一路上对他的照顾。他特别感谢巫月和大刘对他的启悟。

“严老师，我们会来看你的。”巫月扬扬手说。

他们各自走向自己的家人。

严峻生抱好怀中的匣子，充满着自信地朝蓝衣女子走去。蓝衣女子也发现了他，微笑着向他跑过来。

严峻生又有了个家，夫人贤惠淑静，他们的日子过得和美而温馨。严峻生开始利用业余时间研究巫术、气功与人的感觉，专著出版后，哲学系就把他调过去，还评上了教授。他的化学专业以后就没再搞了。

严峻生与写这篇小说的记者是朋友。

金手镯

城北镇派出所所长鲁大元和鱼贩子黄宝是嫡嫡亲姨老表。公元一九九九年十二月二十日，他们共同的大舅在八大家村去世，当天下午，两人都去吊唁，碰到一起了。本来两个人小时候经常混在一起，年龄也差不多，打起架来，鲁大元总是输。后来长大了，各自上学，当的当兵，做的做工，又不住在一起，见面的机会就少了。

大舅七十去世，算是白喜事，亲戚们都到了场。鲁大元和黄宝见面，各自愣了半天，三十几岁的人，半天没认出来。鲁大元先喊了声："老表。"黄宝却扑上去，把鲁大元一拖："哎呀，我的表弟哟！怎么总不见你的影子，你是公安局的人呀！"

两人亲热了半天。鲁大元嗅出黄宝满身的鱼腥气。

"鱼老板，发大财了吧！要守法哟！"鲁大元说。

“你放心，不会犯到你手里。不要以为你是公安的，好像别人都怕你。我是不怕的。”黄宝说完哈哈一笑。

大舅的大儿子，他们的大表哥说：“要不你们再打一架，看谁输谁赢。”

“那他今天绝不是我的对手。小时候他总是欺负我。”鲁大元也笑起来。

“再不能跟他打架了，公安局的都有一套的。我犯不着惹他，他还记着小时候的仇呢！”黄宝说。

两老表说是说笑是笑，在大舅的遗体前并排磕了头。

晚上，四个人守夜，其他人睡觉。

遗体边摆张方桌，四个人各坐一方。大表哥，村里的支部书记，鲁大元和黄宝。长夜难熬，打麻将，以消遣时间为主，带点彩，钱数很少。

边摸牌边聊天。

“还在市公安局么？”黄宝问鲁大元。

“下来了，到城北镇当派出所所长，快两个月了。”鲁大元摸了张牌，回答。

“那地方复杂得很，旁边不是有个劳改农场么！”村支书打出了一只北风，说。

“那里鸡多。”黄宝看着自己的牌，全是废张子。

“劳改农场办了养鸡场？”大表哥没有领会过来，问。

其余的三人全笑起来。大表哥莫名其妙。

“你经常去打鸡？小心碰到我。”鲁大元望了一眼黄宝。

“本人没去过。一是我奉公守法，二是没那个爱好，三是没银子。”黄宝说。

“那你怎么说鸡多，给我脸上抹黑。”鲁大元打了一张牌。

大表哥摊牌，和了个七对。“你大舅保佑我和牌。”大表哥很高兴。

“赢了钱就多买些纸钱烧给你爹。”村支书说。

洗牌。码牌。黄宝讲起另一个鱼贩子在城北镇打鸡的故事。故事不错，鲁大元听了，全记在心里。此处不写，下面再详叙。

天亮了。一夜牌战，大表哥和村支书各赢了几十元钱，鲁大元保本，黄宝一个人输了。

“你不输谁输？赚了别人的钱，总得吐些出来做贡献吧！”鲁大元揶揄黄宝。

“我做贡献是应该的，小意思。我赚的钱是辛苦钱，哪像你，那收入说不清的，抽的红塔山，自己不掏钱，有人送到家里。什么时候那好酒喝不完，我去帮帮忙。”黄宝立即还击。

早上又给大舅烧纸。鞭炮响了，下辈人磕头。

鲁大元和黄宝并排给大舅磕头。磕第二个头时，鲁大元身上响起了蛐蛐的叫声。

黄宝瞪了一眼鲁大元，把最后一个头磕完，站起身。

鲁大元看了腰里的 BP 机，派出所的电话号码。

八大家村没有电话，怎么办？鲁大元急了。

黄宝阴阳怪气：“就是当个派出所所长吵，挂个屁屁机，怎么不配个大哥大?”

黄宝说完，变戏法似的从口袋里揪出个小手机。

鲁大元服了。妈的个鱼贩子，还有这个玩意儿哩！他也顾不上计较，忙和派出所里通话。

派出所值班的人员告诉鲁大元：出了凶杀案，镇后街的熊婆婆被人扼死在自家屋里。副所长已带人去了现场。

鲁大元抱歉地向大家打了招呼，向大舅的遗体告别，跨上自己的三轮摩托，发动起来。

鲁大元对黄宝说：“表哥，对不起啦！待我把这个案子办完，请你到我那里喝酒。那酒是我自己买的，不是别人送的。”

三轮摩托冒出一股浓烟，飞也似的离了八大家村。

鱼贩子黄宝在麻将桌上讲的另一个鱼贩子在城北镇打鸡的故事，鲁大元将其组织充实，就变得比较完整了。另一个鱼贩子叫王七，一个中午，他跟黄宝等几个贩鱼的人在一起喝酒，为着炫耀自己的本事，把这故事说出来了。

傍晚时分，天下着小雨，有溜溜的小北风。在黄城市操皮肉生意的胖女和瘦女下午出的门，一直没遇上主子。胖女和瘦女自身条件不好，年龄都是三十几岁，在四川老家都是生过孩子当了妈的人，长相也一般。两人到黄城打工，在城边沿的三官村租了一间农民的房子居住。在城里，她们很难有客人，在那些妙龄女郎浓妆艳抹香郁四溢的面前，她们自惭形秽，只有败北。但总得要工作，她们就在城郊开辟战场。

巡游来巡游去，遇到几个痞子，没一个规矩的爷。眼看天快黑了又下起了小雨，两人心中着急。又没带雨伞，就四处寻找躲雨的地方。刚好庄稼地里有一农民守望的草棚，两人忙钻了进去。

草棚里有铺草，既可躲雨，又还暖和。两人一屁股坐在铺草上。

“今天怕是没得戏了，又白浪费了一天。”胖女叹息着说。

“唉，老天爷也不照应，连晚饭都赚不到。”瘦女附和。

正说话间，草棚外冲进一个男子，三十来岁，小平头，黝黑壮实男子进了草棚就骂：“个狗日的，今天起早了，碰到鬼了，出门不利。”

男子骂完，这才看清楚草棚里早有两个女人坐在铺草上。男子冲两个女人打量，两个女人也朝男子打量，三人的眼光一对，似乎有亮点一闪。男子马上明白这两个女人是干什么的，立即有微笑浮上脸颊。

“哈哈，老天照应，让我躲雨碰到两位大姐。幸会幸会，你们好。同船过渡五百年修行，同屋躲雨，怕是要修一百年。”

男子自顾自说，胖女瘦女并没挪动屁股，也没搭腔。

男子是鱼贩子王七。王七下午骑摩托车到城北镇渔场去找农民买鱼，没想到摩托车在城北镇坏了。王七的摩托车是买的旧货，经常出毛病。今天出的毛病，任他怎么鼓捣都动不了。王七认了，只好把摩托车推到镇上的一家修理所里丢着，说好明天来取，就步行往黄城市去。

王七走到半道上下起了雨。王七正准备拦一辆车走的，却不想又看见了路边的草棚。王七就冲进草棚躲雨。

王七坏了摩托车后，并没多少事做。他只想进城溜达，所以先是步行，然后再准备拦车。既然老天作合，让他碰到这么两个女人，王七哪能不闻不问。

王七也一屁股坐到铺草上，和那胖女挨得很近，那胖女立即闻到一股鱼腥气，忙用手掩了掩口鼻。

“两位今天怎么会跑到这草棚子里了？”王七问。

“我们是来躲雨的。下午到外面玩，不想就碰到了雨。”瘦女搭了腔。

你搭了腔就好办，王七心中一喜，今天这鸡就打定了，虽说这两个鸡一般，但总比他一个人闲着无聊好。我是不准备出大价钱的，最多几十块钱，王七想。

“两个大姐是四川人吧，这话音真好听。如果你们今天晚上没有安排的话，我请你们陪陪我。”王七单刀直入。

“我们两个人啊，又没个地方。你准备在这草棚里过夜呀！”胖女知道有戏了，就积极配合。

“两个我都请，没问题。地方我有呢，前面镇上我有个亲戚，刚好有空房子，我们到那里去过夜。”王七说得很豪爽，边说边扬起手，话说完，那手就落到胖女的肩上。胖女就伸手把王七的手打下去了。

瘦女用眼盯着王七，脸上傻笑。

这时候雨停了。

三人从草棚里钻出来，站在公路边拦车。胖女瘦女本可以把王七带到她们在三官村租住的房子里去，但闻到了王七身上的鱼腥味，她们怕王七把她们的被子熏腥了。既然王七有地方，那就随他去吧！

王七拦了一辆机动三轮车，讲好价钱，三人就上了车，机动三轮车就朝城北镇开去。

黄城市是江汉平原上的一个比县高半级的中小城市。随着国道的修通，改革了开放了，经济发展速度很快，这几年上了几个合资项目，外地涌来了不少的打工人员。黄城就由原来的县城臃肿成一个市了。

城北镇是个小镇，离黄城市十公里，是郊区。

城北镇作为一个镇，是比较古老的。虽说开放搞活，镇子一天一个模样，修了许多新的房子，档次不算高，但镇上的旧房子却不少，而且旧房子的建筑水平以及结构，都要比这些年新起的房子好。

城北镇旁，不到两里路的地方，又有一片房子。那片房子集中在一起，平日没有喧闹繁华，老百姓也很少往那里去。那是一个劳改农场。劳改农场有一大片土地。

在劳改农场的土地上耕作的，是一群穿着灰色衣服，剃着平头或光头的犯人。

这些犯人是这样的犯人：刑不重，罪不大，判个两三年，这里劳动一下，时间到了就回家。另有一种，是在监狱里表现好，还差一年半载就到期了，他们也被送到这里种田。

总之，城北劳改农场的犯人，他们是不想跑的人，因为逃跑对他们来说不划算。跑了，抓起来后就要再加刑。而在这里老老实实，把时间熬到了，他们就光明正大地重新做人了。除了个别情况，城北劳改农场是没有犯人逃跑和在服刑期间再犯罪的。

城北劳改农场也有自己的一套管理犯人的方法。

城北劳改农场是个模范单位。

城北镇与城北劳改农场所属领导不同，但两家团结还不错，叫作警民关系和谐。

鲁大元到城北镇当派出所所长，他们与劳改农场的管教干警关系当然更是亲密的。

这些情况后面再叙。再接着王七的故事说。

机动三轮车载着王七和胖女瘦女到镇上时，城北镇已是一片灯火了，临街的小酒店小饭馆热气腾腾，酒香弥漫。

瘦女说："肚子饿了咧。这下午没干事，倒还饿得快。"

胖女说："就是呀，中午吃得那么饱。"

王七给机动三轮车付完钱，对两女说："走，吃饭去。我们三个走到一起是缘分呢！算我的。"

小饭馆里，三人坐定，王七要了四个菜一个汤，三人忽啦啦地吃了个痛快。王七本想要几瓶啤酒，后来一想，这他妈的好事没成，我花得太多了不划算，就没要啤酒。

吃完饭，王七带着两女走出饭馆。王七说："走吧，到我亲戚家去，早点休息"。

胖女说："急个啥子嘛，有一夜的光景呢！在街上走走再说。"

街上有单身男子走动，王七是怕两个女人跟了别人去，那他就亏了本。

刚好有一处放录像的点。瘦女停下说："干脆我们看一场录像怎么样？时间还早嘛！"

胖女赞成，王七就说："走，买票去，算我的。"

看完录像，走到街上，已是星光满天了。两女有些倦了，打起了呵欠。王七说：“现在可以回去了吧？”

王七带着两个女人，左穿右拐，走到街后的一座旧砖瓦房旁。王七叫两女等着，自己上前敲门。

门开了，屋里出来个六十多岁的老婆婆。胖女和瘦女站在黑暗处，把老婆婆看得很真切。那老婆婆穿着打扮都挺讲究的，耳朵上两只金耳环晃荡着。突然，胖女和瘦女同时心跳起来，她们看到老婆婆的一只手腕上闪出一道金光，再仔细一瞧，那金光是源自手腕上的一只金手镯。

一只金手镯，沉甸甸的。两个黑暗中的女人看得呆了，她们看过金项链金戒指金手链，但一只金手镯她们是第一次看到。这金手镯多重？值好几万吧！

王七跟老婆婆进了屋子。王七说：“婆婆，我的家属来了，干部批准我接见，只能用你的房子啦！”

老婆婆看王七是个平头，她没去看王七的衣服颜色，老人有些色盲。

老婆婆从怀里掏出钥匙，递给王七，说：“三十块钱。”

王七掏出三张拾元的票子递给老婆婆。

王七出了门，老婆婆把门关了。

王七用钥匙开了旁边一间房的门，招手让两个女人进去，开了灯，再把门关上。

王七说：“不能让老太太看到我带两个女人来了，要不然她要骂我的。我这亲戚对我要求严咧。”

房间不大，有一张大床，床上铺盖齐全。

这一夜王七和胖女瘦女之间的荒唐淫乱，黄宝在麻将桌上要细讲时，被鲁大元禁止了。

鲁大元说：“不要说了，大舅还睡在旁边呢!”

黄宝吓得舌头一伸。

黄宝只说了王七作为光荣而对他们吹嘘的话。

王七说：“第二天天还没亮，我悄悄地起身走了。我的摩托车放在车行，昨晚也修好了，我骑上摩托车去卖鱼去了。怎么样哥们，我请吃一顿饭看一场录像，把这两个鸡搞了一夜。原本谈好价我还要付她们一人一百元的。”

那两个四川女人早上起来没有看到王七，不知她们作何想法，也许她们找过老婆婆，老婆婆说她根本就不认识王七王八的，只知道他是被批准“接见”的平头。

上午九点钟刚过，鲁大元的三轮摩托车灰尘满身“日”的一声，停在了城北镇后街熊婆婆的屋门口。熊婆婆的旧砖瓦房，在后街偏僻的角落，门前有排树高过人的女贞子，房子前有块小场地，此时场地上停了一辆吉普车和几辆摩托车。围观的人被挡在场地外围。

鲁大元跳下摩托车走进屋子里，市公安局刑警大队的老李和法医，镇派出所的三四名警察正在忙着，他们拍照，取证，察看房间的各处地方，提取指纹和脚印。

鲁大元和老李与法医握了手，道了辛苦，与自己的下级打过招呼，也立即投入对案情的了解。

熊婆婆穿着睡衣，倒在房里的地上，脸上是恐怖的表情，看来她死得很痛苦。

与正屋毗连的隔壁的房间，门已打开。熊婆婆的在镇上唯一的侄儿，正在回答一个警察的提问。房间里的一张大床，乱扔着两床被子，被子脏兮兮的。

脏兮兮的被子边是两只没有枕巾的枕头，从枕头上拈起几根头发，有长的有短的。

熊婆婆的侄儿是个三十来岁的农民，属城北镇边的菜农。他说，他是隔天到婶子家来看看，帮婶子做些重活。婶子无儿无女，叔叔是个木器社的会计，死了有十多年。婶子的日子过得还富裕，叔叔死时留有些积蓄，婶子这几年通过隔壁的房子，也赚了不少的钱。今天早晨，他来婶子家，敲了半天门敲不开，他是趴着窗台才看到倒在屋子中的婶子的。他不敢撬门，就到镇派出所报了案。

婶子家里有多少现金，他不知道。但是婶子耳朵上的一对金耳环和手腕上的一只金镯子，他是知道的，镇上熟悉婶子的人都知道。

在现场的侦察和取证工作在上午十点半时结束，鲁大元通知街道办事处伙同熊婆婆的侄儿，一起料理熊婆婆的后事。至于熊婆婆的房子和家产，暂时封起来，待破案后再按法律和政策处理。

鲁大元跟市公安局与派出所的其他同志一起，回到了城北镇派出所，大家围坐在简陋的小会议室里，梳理归总目前已了解的案情。

鲁大元抽着烟，在团团蓝色烟雾里听着市公安局老李和法医先谈，然后再听派出所到现场去了的同志谈。几个人谈得很热闹，鲁大元却一直不怎么做声。他在思考，在归纳，他把大家谈的情况和自己看到的情况在头脑里组织了一番，很快把案情的条理列了出来。

这是一桩凶杀案，杀人者是谋财害命。根据法医的现场查看判断，熊婆婆遇害大约在凌晨一点到两点钟之间，就是说熊婆婆死于一九九九年十二月二十一日凌晨。鲁大元脑子跳闪了一下，自己这个时间正在八大家村为大舅守灵，和黄宝、大表哥、村支书一起玩麻将呢！黄宝说打鸡的故事可能就在这个时候。

熊婆婆的脖子上有勒痕，法医认为那是用柔软的织物勒死的。根据死者皮下的瘀伤看那东西一定不是麻绳或电线铁丝等物，大约是用围巾布带子或女人的长筒袜子。熊婆婆的耳环和金手镯全部没有了，凶手杀人后，抢走了金手镯和金耳环。凶手在拉熊婆婆的金耳环时，用力过大，致使死者耳垂上留下了拉伤皮肉的血痕。

房间的柜子和箱子均被翻过，显得很凌乱。但从柜子和箱子里拿走了什么，目前无法知道，因为熊婆婆是一个人生活，连她的侄儿都不清楚她的财产。熊婆婆有些钱，在现场侦察的干警从熊婆婆的户口簿中找到两张各一万元的定期存款单。凶手没有细细地看这户口簿，要不这两张存单肯定留不下来的。熊婆婆是否有现金留在家里，干警们在现场是没有发现的。作案者是否抢走了一些现金，目前情况也不清楚。

熊婆婆的其他财产，如冰箱、彩电、录像机等家用电器都没被劫，熊婆婆的侄儿说，这些东西摆在原来的地方没动。

熊婆婆住的正房隔壁房间里床上发现的长短头发，尚未进行化验，但明眼一看，那头发既有男人的，又有女人的，而且绝不会仅只一两人的头发。那张大床上睡的男人女人很多了。

是些什么人来到熊婆婆家的这间特别的房间来睡觉？十二月二十日夜里在熊婆婆家睡觉的人是谁？

十二月二十日夜里睡在熊婆婆家的人是凶手的可能性很大，甚至就是凶手！在案情汇总后，几个干警都这样肯定地说。

什么人到熊婆婆家特别房间睡觉？这个问题的答案鲁大元是清楚的，城北镇派出所的干警们也是清楚的，甚至市公安局的干警也知道。这是个特殊的情况，大家也就不谈这个问题了。

这个问题与城北劳改农场有关。

前面说过，城北劳改农场的犯人，鉴于他们的犯罪性质和刑期的期限以及自身的表现，他们是属于不愿逃跑的犯人，他们是一群穿灰衣服剃平头的人。说是犯人，这些人却享有一定的自由。比如，他们在管教干部的安排带领下，在大地里劳动，可以交谈，甚至可以哼哼歌唱唱戏。比如，在节假日或星期天，犯人三人以上者，可以请假一起到镇上去逛逛，买点日常用品，时间一般不能超过两个小时。再比如，犯人的家属来劳改农场探望，犯人可以请假陪家属交谈，上街。对于犯人的配偶来了，管教干部可以批准他们上镇，找一处老百姓的房子，聚上那么一两个小时。如果是晚上，管教干部可以批准他们在外面过一夜。当然被批准在外面过夜的犯人应该是表现良好的犯人，并不是所有的犯人都可以请假在外面过夜的。

犯人与配偶的这种短暂接触，叫作“接见”。

久而久之，“接见”一词成了城北劳改农场和城北镇市民的一种特有专用名词了。男人女人在一起成了“接见”，使得外地人听得莫名其妙。

对于这种“接见”，鲁大元和他的干警们都知道。这种情况你说去管呢还是不管呢？当然是不好管了，这里还有个人道主义吧！何况劳改农场的管教干部也是公安系统的，人家批准了的，也是不违反政策的。

熊婆婆家的特别房间，是个“接见”的地方。当然城北镇还有几处供“接见”的特别地方，镇派出所心中都有数。

问题复杂的是：提供“接见”房间的主人，只认钱不认人，反正每次“接见”，收房租三十元，至于那“接见”的男女是否是农场犯人和他的配偶，就懒得去追究了。特别是像熊婆婆这样的人老眼花的，想去追究也没法子追究。

一九九九年十二月二十日晚，是什么人在熊婆婆的特别房间里“接见”了的？这是侦破熊婆婆被害一案的关键。

鲁大元想到了城北劳改农场的犯人和表哥黄宝讲的故事。鲁大元把手中的烟头在烟灰缸里按熄了，起身给市公安局领导打电话汇报案情。

市公安局的陈局长听完汇报后，指示：

城北镇这起凶杀案由鲁大元领导派出所的干警侦破，尽快破案。市局刑警队的老李和法医可以撤回，侦破中有需要配合的地方，随时与市局联系。

放下电话后，鲁大元向大家传达了陈局长的指示，并当即成立专案组，鲁大元当组长，组员是王军和范小五。派出所其他同志随时配合，派出所指导员负责所里日常事务工作。

中午吃饭时，刑警队老李对鲁大元说：“伙计，这是你来城北镇当所长遇到的第一个凶杀案吧，早日破了就好。”

鲁大元点点头，说：“谢谢你了，我一定努力。”

城北劳改农场的场长和政委很热情地接待了鲁大元。会客室的墙壁上挂满了先进单位模范农场之类的奖状和锦旗，表现出这个农场的管理水平。鲁大元带着王军和范小五坐在沙发上，望着会客室的豪华与讲究，心里生出农场与派出所两重天的感慨。劳改农场当然富有，劳改犯们只出力没工资，城北这个农场一千多名犯人，他们的劳动会创造富有。而派出所能有什么收入？市局每年拨下来的钱有限，他们只能住旧房，所长当然无手提电话，连那个鱼贩子老表都不如。不过鲁大元不在乎，他头脑里的这段意识流，使他又一次想起那个鱼贩子表哥黄宝来。

政委给鲁大元三人递烟，硬壳红塔山。场长张罗人给鲁大元三人泡茶。三只精致的白瓷茶杯，泡着碧螺春茶叶，摆在茶几上。政委和场长自己捧着不锈钢茶杯陪着。

场长说：“早就说要去拜会鲁所长的，就是脱不开身，才从省里开会回来。鲁所长来了正好，今晚上好好喝一杯。”

政委说：“很感谢镇派出所平时对城北农场工作的支持，劳改农场今后还仰仗鲁所长关照。今天晚上一定喝一杯。”

鲁大元苦笑了笑，说：“场长政委哟，谢谢你们的好意了。不过今天不行，今天有案子。”

“有案子怎么啦？有案子饭也不吃酒也不喝。我们公安这一行，哪一天没有案子？”场长说。

“鲁所长，城北镇发生的案子，需要我们农场配合的，请直说，我们是随叫随到。”政委说。

鲁大元就把镇后街熊婆婆被人勒死，抢走金手镯金耳环的事情说了。

“熊婆婆家有间房子，平日经常有农场的犯人接见家属时去用。根据判断，熊婆婆是今日凌晨一点左右死的。所以，我要请求场长与政委支持的是：城北农场昨天晚上是否有犯人和其他可疑人出去接见过？”鲁大元说。

场长和政委听了鲁大元的案子汇报，立即严肃起来，再不说喝酒的客气话了。“我们马上可以查出昨晚是否有犯人在外面过夜！其他情况也可再查。”场长是个爽快人。

场长到隔壁办公室打电话，查问各管教队昨夜犯人外出情况。政委给鲁大元三人杯子里续水。政委说：

“接见这种事我们知道，最近我们把得很严，特别是晚上，我们一般是不许犯人出外的。现在有些社会上的人，冒充农场犯人，在镇上找房子嫖娼，却打着接见的幌子。”

“这种情况我们在查在管，希望农场的同志和我们配合，打击嫖娼卖淫活动。”鲁大元喝着茶，与政委交谈。

场长进屋了。场长说：“各管教队都查了，昨夜没有犯人出去接见家属。一般的像晚上批准犯人出外，管教队是要汇报给场部领导的，农场的制度是严格的。”

不会是犯人！鲁大元来农场时，头脑中就有这种直觉。那么，如何查出昨天晚上住过熊婆婆房间的人呢？

一阵蛐蛐的叫声响起来，鲁大元腰间的BP机响了。

鲁大元看了眼BP机的显示屏：大舅明天出殡火化，希望所长先生今天晚上能赶来，明天给大舅送行。

是黄宝呼他。鲁大元想，我正想找你呢！

场长政委挽留再三，鲁大元还是带着王军范小五告辞了。案子在身，哪能喝酒，留待来日吧！

“需要我们配合的事，请随时打招呼！”场长握着鲁大元的手再次说。

“好的！我们会的！”鲁大元说。

回到派出所，鲁大元和王军范小五简单地交换了一下意见。鲁大元给王军和范小五布置了任务，然后，鲁大元找了辆非公安牌照的摩托车发动起来。“请随时注意跟我联系。”鲁大元骑着摩托车走了。

鲁大元带着王军范小五在三天之内就破获了城北镇的杀人抢劫案，在黄城市公安局引起反响。“这小子还很有一手哩！”熟悉鲁大元的人在背后说。

《黄城报》副刊编辑找到鲁大元，采访他，要就他破案神速的事迹写篇报告文学，在《黄城报》上分三次连载。

但是鲁大元没能谈出什么精彩的情节来。鲁大元在案子破了之后，自己也感到奇怪，破这个案子主要是直觉预感在指挥他，在起作用。那么直觉和预感在刑事侦破中到底有多大作用呢？公安人员在侦破中如何借助直觉与预感来工作？这倒是个有趣的问题，这是个心理学或是其他什么学的问题，鲁大元说不清楚。鲁大元很希望有人就这个问题和现象写出通俗易懂的著作来。

一九九九年十二月二十一日下午四点钟后，鲁大元骑上摩托车离开城北镇，前往他大舅的村子八大家村。摩托车在乡间的公路上跑得沙沙直响，鲁大元的头脑中却像在放电影，那种直觉预感使他组织起一幅画面。这些画面竟然与他的表兄黄宝有点关系。与黄宝有点关系是因为黄宝讲的鱼贩子王七嫖娼而不给钱的故事。这王七与那两个操皮肉生意的女人与熊婆婆的死，有什么关系呢？鲁大元在心中问自己，他害怕他的直觉与预感把他引向侦破的歧路。但直觉与预感又使他不愿放弃这条线索。

因此，在鲁大元骑着摩托车驶进八大家村时，一些行动步骤在他心里已十分清晰了。

那时，暮色已经降临。

鲁大元的摩托车停在大舅家门前的自行车摩托车群中，发现他到来的人不多，那时许多客人正在吃饭喝酒，堂屋和几间侧屋里摆满了方桌，桌上是大鱼大肉。乡间的白喜事热闹非凡，乡亲们送上二十元钱或是一床被面一块细布，就算是祭礼了，就要请他家里来人吃上一顿。客人太多，主事者忙得一塌糊涂，到处是一种乱的感觉。乱热闹。主家要的就是这效果。

鲁大元把正在桌上喝得酒气熏天的黄宝拉出来。鲁大元轻声说：“老表，有个案子需要你配合！”

“你是背后背老鼠，装猎人。要你来不是破案子，是为大舅守孝送殡，我配合个么事？”黄宝的话和酒气一起吐出。

“你得听我的。你马上把王七呼来，今晚我们在一起玩麻将。玩多大码子我奉陪，但不要暴露我是公安人员的身份。”鲁大元说。

“怎么，王七犯了案子？”黄宝一惊，马上正经起来。

“是这样的！”鲁大元拥着黄宝，走到更远离人群的僻静处，把案子的情况对黄宝说了。鲁大元说：“目前只是侦察调查，并没有什么结论，所以你一定要支持我的工作。”

“好的，看在小时候我俩的情谊上，我配合你，即使将来这个案子真与王七有什么关系，你也不能说出去。总之，我是什么也不知道，否则我将来怎么在鱼道上混。”

“这个你放心，与你不相干！”鲁大元说。

黄宝又进屋去把村支书和大表哥找来，鲁大元嘱咐了他们两个一些话，让他们配合。其他情况，鲁大元没细说。

黄宝很快用手提电话和鱼贩子王七联系上了。

“王老七，得请你帮兄弟的忙咧！”黄宝说。

“黄宝兄，说吧，有什么事，只要兄弟能办到的，决计两肋插刀。”王七说。

“我大舅去世了，我现在八大家村。大舅明天出殡，客人不少。原计划的鱼，现在看来还少了点。老兄是不是马上给我送两百斤鱼来。老兄来了，也为我抬个庄，明天给我大舅送个行。今晚我陪老兄搓一场，两块钱带满算。”

“啊，你大舅去了，你不说我不知道。我马上送两百斤鱼来。这种事，你早该打招呼的。”

王七很豪爽。

王七用带车斗的摩托车送鱼到八大家村时，已是晚上八点钟了。这时，喝酒吃饭的客人已经走了大半，少数年轻人围着两桌麻将在玩，两角钱的，玩得小。

黄宝接住王七，派人把鱼送到厨房。王七掏一百元钱递给黄宝的大表哥作祭礼，然后到黄宝大舅灵前跪下磕三个头。黄宝和大表哥陪着磕头。

黄宝把鲁大元介绍给了王七，只说：“我表弟。”

村支书也和王七握手，说了感激话。

鲁大元、村支书、王七和黄宝坐下，先喝酒。

王七说他吃过饭了。

黄宝说：“我们还没吃呢，等着你来一起喝两杯。你吃了也还要加几杯，谁不晓得你的酒量!”

王七就和几个人喝起酒来。

黄宝就在鲁大元和村支书面前巧妙地吹嘘王七，把个王七说得了不得。先是巧妙地吹，后来就露骨地吹了，使得酒桌上的话题围着王七转。王七这人义气，够朋友，在社会上吃得开。王七能喝酒，玩牌技艺高超，做鱼生意讲信义。王七这人有头脸，文化底子不浅，将来决不仅仅是个鱼老板，前途难说。

王七已在云里雾里了。鲁大元和村支书也顺着黄宝的话路子，给王七灌米汤。鲁大元看到王七的秃头上直冒热气，两眼闪亮，额头放光，已经完全进入状态了。

黄宝适时而止，让大表哥找了间僻静的小房间，把麻将桌摆好，泡好了茶。黄宝说：“请吧，我们陪王老兄搓一把，试试他的水平。”

王七忙说：“哪里哪里，我的水平很差，决不像黄宝说的那样。都是朋友，玩玩混时间吧!”

鲁大元、村支书和黄宝拥着王七进了房间，四人摸了东南西北风，在座位上坐下，稀里哗啦搓牌，开始了鏖战。

一边打牌一边说话，话题仍然围着王七转。

鲁大元出了张幺鸡，王七手上有两张，就碰了。黄宝说：“王兄英雄，不愧打鸡高手，这下三只鸡，比前几天两只还厉害。”

王七说：“还提前几天的两只鸡呢，今天在黄城市郊三官村旁，就在你给我打电话一小时前，我还碰上她们了。”

“那是你们有缘呀，机会多好，再打一梭子嘛！”黄宝说。

“哪里哟，今天晦气呀，那两个婊子认出了我，拉着我不放，非要还她们的账不可。她们在路上嚷嚷着：你不给钱，我们就去报告派出所。”

“报告派出所，那她们也落不到好！”

“是呀！但我不想跟她们纠缠，我正好联系了一批鱼，我还得去安排运出来呢！算了算了，该付的还是要付，我就一人给了一百元，把账结了。”王七说得笑嘻嘻的，他和了一个七对。

“王兄很讲义气哟！那两个女人住在三官村么？”鲁大元很有兴趣地问。

“怎么你老弟有想法？那好办，像你这样的人才什么鸡打不上？”王七没有回答问题。

鲁大元的脸却红了。

“王兄别想岔了，我这表弟可是个没见过世面的人，他怕是被你的故事迷住了。”黄宝圆场，引开话头。

“那一胖一瘦两个女人，肯定住在三官村无疑。她们从我这里要了钱就进了村子。”王七还是把鲁大元想听的话说出来了。

玩牌到夜半，大表哥给四人端了夜宵来吃了。继续玩时，大表哥上桌，鲁大元说要睡一下，悄悄从黄宝那里要了手提电话出了小房间。

鲁大元呼了王军范小五的BP机号码。

王军很快给鲁大元的手提电话回了话。

“你们现在哪里？”鲁大元问。

“在黄城。我们已经给市内的几家黄金首饰加工行业店布置了任务，市局刑警队也给予了配合。”王军说。

“你和范小五马上到三官村，通过村公安室查询住在这村里的两个女子，一胖一瘦，都是四川人，三十多岁。查到后，控制起来，并立即通知我。”鲁大元的电话是在房子外边的夜色下打的。与王军范小五通完话，鲁大元抬头望了望星光明净的夜空，心里突然地也明净起来。

杀害熊婆婆的就是这一胖一瘦两个四川女人。

为什么？鲁大元问自己。

但鲁大元自己不回答，他像一头警犬，嗅到了目标。

城北镇杀人抢劫案结案之后，鲁大元特地在城北镇盛春酒店请黄宝、大表哥和八大家村村支书吃饭。在酒店二楼一间小厅里，四人围桌而坐，没有其他人参加。

黄宝说："是搓麻将还是喝酒?!"

"只能喝酒，这酒是我早答应了的，由我私人掏腰包，与派出所无关。我很感激几位兄长对我工作的支持。"鲁大元边点菜边说。

"那喝了酒后再搓麻将吧!"

"不行！在城北镇，在我眼底下搓麻将赌博是决不允许的。你们要反问前两次我为什么也参与搓麻将活动吧，那是在城北镇外，那也是工作的需要。"鲁大元没松一点口气。

"哟哟，我就知道你是个翻脸不认人的家伙，鬼才再给你帮忙，到你这里来，连麻将都不许玩，没得味道。"黄宝的嘴巴不住空，不断挑刺儿。

"该要你帮忙的事还得要你帮忙，但在这里就是不能搓麻将，不能坏了我的规矩。"鲁大元没松口。

"那好吧，快点上酒，喝了酒好走路。"黄宝故意叫。

村支书和大表哥聊着村里的事。

酒菜很快上来了，四个人就喝起来。

"你这个案子的情况给我们说说吧，权当是听故事。"大表哥对鲁大元说。

鲁大元就讲了案子的基本情况。不是要听故事吗？鲁大元在叙述语言上下了点功夫，尽量把故事讲得生动些。下面就是鲁大元的讲述。

黄城市的扫黄打非、打击卖淫嫖娼的工作抓得很紧，公安局领头，其他有关部门配合，风声急迫，行动迅速。

租住在三官村的四川流窜过来的胖女和瘦女，生意越来越不好做，收入减少，日子很难过了。

交房租的日子就到了，她们没钱交房租。胖女向房东说好话："张爷，再宽限些日子，我们肯定不会拖欠您的钱的，这风头过了，生意肯定会好转的。"

那房东也知道这两个女人的名堂。正因为胖女瘦女是做皮肉生意的，所以他收的房钱也不低。你们那钱是怎么赚的？你租房子不出大价钱行吗？宽限就宽限吧，房东为的是钱，不怕你们跑了。

胖女瘦女下午出外，逛荡到天黑也找不到两个主顾。太晚了，在街上逛荡，警察就要管了，她们只好回到三官村。"又白白地浪费了一个夜晚。"两人睡下时这样说。

在城北镇的那个夜晚，她们在熊婆婆家被王七嫖了一回。早晨醒来，胖女问瘦女："那人呢？不是跟你在一起么？"瘦女瞪着眼睛说："不是跟你在一起么？你还问我。"

两人明白，那家伙跑了，那个平头带着满身鱼腥味的男人跑了，让她们白陪了他一夜。

"他叫王七，个狗日的，白搞了老娘。"胖女骂道。

“他是王八的哥，个狗日的东西，老娘总有一天要碰到他，要他还钱。”瘦女骂道。

她们问熊婆婆，熊婆婆说：“么事王七王八的，我不认识他。我没得他这个亲戚，我是个孤老婆子。我这房间三十块钱一晚，便宜得很。”

熊婆婆和胖女瘦女说话时，两只金耳环在耳垂上晃动，熊婆婆扬起手来，以手势助语气，那只硕大的金手镯在她枯瘦的手腕上滑动。胖女和瘦女的眼睛被那黄澄澄的光泽晃得有些发花。她们对熊婆婆和她的小屋以及那黄澄澄的东西留下了很深刻的印象。

一九九九年十二月二十日下午，胖女和瘦女出门找生意。城里找不到，公安局打击得很厉害，她们就在城乡结合的公路巡游。沿着公路，伴女和瘦女朝前走，田野里绿意淡薄，冬小麦把黝黑的土地还盖不完全，溜溜北风吹得人身上，时而打个寒噤。

“算了啰，再待几天回家过年吧，老公孩子怕是想我们了！”瘦女说。

“是要回家了。可是我们用什么回家？原来赚的几个钱寄回去了。这个月连房租钱都交不出来。我们总得带几个钱回去过年嘛！还要一笔路费呢！”胖女说。

“哪里来钱呢？已经四五天没得生意了，吃饭都成了问题。狗日的男人们胆子小，望都不望我们呢！”瘦女说。

“三十块钱一回都没得人上门。”胖女说。

“我们只有去偷！”胖女说。

“是的，只有去偷！”瘦女说。

胖女和瘦女说出去偷的话时，她们沿着公路越走越远了。她们这时就看见了路边的那个守望庄稼的草棚。

“我们那天在这里躲过雨。”胖女说。

“狗日的王七骗了我们。”瘦女说。

“前面是城北镇呢！”胖女说。

“走，我们去找熊婆婆！”瘦女说。

“走！找熊婆婆去。”胖女说得有些咬牙切齿的样子。

两个女人没再说什么，她们也没商量，她们两人的心是通的，她们都明白对方说去找熊婆婆是什么意思。胖女从瘦女眼睛里看明白了那意思，瘦女也从胖女的眼睛里看明白了那意思。

两人的行动一致，两人的配合默契。

这时，就有一辆卡车停在她们身边了。司机从驾驶室里探出头来问：“二位大姐去哪里？要不要我捎一程。”

胖女瘦女都站住了。胖女望望前面不远的镇子，望了一眼司机，说：“不要！”

瘦女也连忙说：“不要！”

司机说：“你们今天晚上有去处没有？要不陪我们哥俩到前面镇上开旅社，价钱好说。”

司机旁边还坐着个男人呢。

胖女和瘦女互相对望了一眼。胖女转过头对司机说：“快开你的车吧，我们是良家妇女，我们不做那个事。”

“我们不做那个事。”瘦女连忙跟着说。

卡车呼的一声就开走了，扬起了一阵灰尘。

胖女和瘦女又对了一下眼光，两人默无声息地朝城北镇走去，她们像两个进城归来的镇上妇女。那时太阳就落下来了，夜幕笼罩了城北镇。

胖女和瘦女来到镇后街熊婆婆的家门口时，已是晚上九点钟后了。这时胖女和瘦女已经在餐馆里吃过了晚饭，并在录像厅里面看了一场录像。那是一个香港凶杀片，说的是两个女人合伙杀死了老板，抢走了老板的钱财后亡命天涯的故事。

两人到了熊婆婆的家门前，瘦女想起了录像片里的故事，身子有点抖颤。胖女用手捅了一下瘦女：“你怕什么?”

瘦女小声说：“我不怕，我是有点冷呢!”

胖女上前敲门，门很快开了，熊婆婆还没睡，正在看电视。熊婆婆对胖女和瘦女说：“什么事呀?”

熊婆婆没有认出这一胖一瘦两个四川女子。

“我们想在你旁边的小房间里住一晚。”胖女憋着本地腔说，她怕熊婆婆听出她的四川话，从而记起前些天王七的故事。

“交三十块钱。这是钥匙。”熊婆婆从口袋里掏出钥匙来，在两个四川女子眼前亮着，同时亮着的还有熊婆婆手上的金镯子。

瘦女从口袋里掏出三十块钱，递给熊婆婆，熊婆婆就把钥匙交给了瘦女。熊婆婆没多说什么，转身关了大门，去看她此生能看的最后一次电视节目。

胖女和瘦女用钥匙打开了小房间的门，开了灯，用房间里的水洗了脸。两人坐下来，四目相望。

“先睡一觉吧！”胖女说。

“对，睡一觉。”瘦女说。

两人就睡下去了，关了灯，没有再说话。

半夜，大约就是十二月二十一日凌晨吧，瘦女醒来，身子动了一下。胖女睡得很沉，但这夜特别的警觉，瘦女仅仅是动了一下，她就醒了。胖女一下子爬起身来，问：“几点了？不早了吧！”

“几点不晓得，半夜了，肯定不早了！”瘦女说。

“不早了！那就开始吧！”胖女说。

“那就开始吧！现在正好。”瘦女说。

两个女人开了灯，瘦女开始“哎哟哎哟”地呻吟，一边呻吟一边穿衣。胖女一边穿衣一边说："忍着点！忍着点。"

两人把声音弄得响响的，目的是要让隔壁的熊婆婆听到。

"把你的长筒袜留下一只给我。"胖女对瘦女说。

瘦女就把长筒袜递了一只给胖女，自己的脚只穿了一只袜子，她又有些抖颤了。

胖女看了瘦女一眼，说："听我的，你呻吟吧！"

瘦女又"哎哟哎哟"哼起来。

胖女打开了房间门，敲响了隔壁熊婆婆的大门。

熊婆婆问："是谁？有什么事呀！"

"是我们呀，婆婆！我那个同伴肚子痛得好厉害，想找你讨点开水喝。我们房里的一瓶水昨天被我们洗了脚。"胖女哀哀地说。

瘦女的"哎哟哎哟"声哼得更响了。

熊婆婆穿着睡衣，披着棉袄起身，打开了屋里的电灯，来到大门边，把门打开，说："肚子痛，准是受了风寒。"

胖女一下子进了屋子，手里的丝袜朝熊婆婆颈子上一套，双手拉着袜子一用劲，熊婆婆"喔喔"了两声，就倒在地上了。

瘦女手忙脚乱地从熊婆婆耳朵上拉耳环，用的劲太大，把熊婆婆的耳垂都拉裂了。胖女从熊婆婆手腕上摘下了那只黄澄澄的手镯。

胖女检查了一下熊婆婆的胸口和鼻息，肯定她已经没气了。胖女把袜子取下来，扔给愣在一边的瘦女说："快穿上。"

瘦女就穿袜子。胖女把熊婆婆的棉袄捡了起来，搜了一下口袋，搜出了三十几元的现金。胖女不死心，把棉袄随手扔到熊婆婆睡的床上，就在内屋寻找起来。

瘦女穿好了袜子，也进内屋寻找。两人在枕头底下找出了不到两百元的现款。柜子箱子里没找到值钱的东西。

"快点走，不能久留！"胖女说。

"快走快走，我好怕。"瘦女说。

两个女人灭了灯，锁好门，把钥匙扔在屋子里面，然后扯起双腿，逃进夜色中。

鲁大元站在八大家村的夜空下，给王军范小五布置完任务后，做了一番冷静的思考。鱼贩子王七所说的胖女瘦女两人，是不是杀害熊婆婆的凶手呢？假如不是，那么凶手又是谁？劳改农场尚未发现嫌疑者，而镇上的闲散杂居人员中，派出所副所长与另一个干警做了调查，也访问过群众，目前也没发现嫌疑分子。王七的闲聊吹嘘，却把两个四川卖淫女送到了鲁大元的面前。鲁大元紧紧地沿着这条线追下去。杀人者必定是这两个女人！鲁大元对自己的判断毫不动摇。

鲁大元在十二月乡村的夜空下溜达了快一个小时。这时腰间的 BP 机响了，鲁大元回到屋子里，借着灯光看清了呼叫的号码，用黄宝的手机回话。

电话通了，鲁大元又走入夜空，听王军范小五那边的情况。

王军范小五根据鲁大元的吩咐，到三官村找到了公安室值班人员，一起碰了情况，说明来意，直奔四川女子租住的农家，敲开了门查户口。两个女子陡见穿着公安服的值班警察，脸都吓黄了，瘦女抖颤起来。警察看了两个女子的身份证和暂住证，训了几句话后，就出来了。

王军和范小五分开，王军悄悄监视两个女子，范小五和警察把房东张老头带到公安室问情况。

据房东张老头说，这两个四川来的女子，并不坏，她们做什么事他不知道。她们租住房子另外开了门，自己有钥匙，什么人到她们房里去过，张老头说不知道。张老头说，最近，她们好像手头很紧，欠了他的房租也没给。

“她们是不是有时不回来往？”范小五问。

“有时不回来住，说是在外面打工加夜班。”张老头说。

“昨天晚上她们回来住了没有？”范小五问。

张老头想了想，肯定地说：“昨天晚上她们在外面加班，没有回来。今天早晨我起来买菜去，才看见她们从外面匆匆回来，好像走了很远的路。”

“张老头难道不知道这两个女人是干什么的吗？”鲁大元在电话里问。

“他肯定知道，包话公安室的人怕也知道。但现在这些事啊，难得说。”范小五说。

“好，你们一定要看住这两个女人，注意她们的行动，有情况再报告给我。我争取明天上午赶过来。”鲁大元关了手机。

猎物已在手心了，现在就是看她们如何行动，关键是拿住证据，一举擒获了。鲁大元打了个呵欠，四十多个小时没睡觉了啊！现在也没地方睡了，大表哥的家里，凡是可以睡人的地方都已睡满了人，乡下来客太多。

鲁大元就又走进黄宝王七四人搓麻将的小房里。

牌桌上鏖战正激，王七的火气不行了，已经输了两三百元钱了。黄宝的牌运正转，好牌不断摸到，高兴得脸上都是光彩。搓麻将搓到高潮处，牌桌上的人只看手上的牌和别人打出的牌，对牌之外的事情早已置之度外。鲁大元进来时，没有人和他打招呼，大家正忙着。

鲁大元发现小房间里还有一只小沙发，旧得不得了。鲁大元不管沙发旧不旧了，走过去往沙发上一靠，闭目休息，不一会就进入了梦乡。

一九九九年十二月二十二日早晨，鲁大元的大舅，一个普通的农民离开他居住几十年的房子和村庄，上路了，走向另一个世界。殡仪馆的面包车开来了，死者的尸体送到车上特别担架里放好。鞭炮放得轰隆震响，硝烟弥漫，纸钱翻飞，一群披红孝布白孝布的子孙辈跪满了场坪，给老人送行。面包车开动了，哭声一片，叫声一片，老人走了！鲁大元默默地给大舅送行。

殡仪馆的车子走了后，鲁大元立即向大表哥、黄宝、村支书告辞，他要赶回去，有事情等着他。

王七输了钱，一大早就骑摩托车走了，连殡都不送了。

鲁大元握着黄宝的手说："谢谢你了老表，事情完了，请你喝酒，一定！一定！"

黄宝却用另一只手拥着鲁大元说："表弟，我们小时一块长大，你是比我有出息的。祝你事业成功，有什么地方用得上我，就招呼一声吧！"

鲁大元的摩托车离开了八大家村，朝黄城市飞也似的奔去，他要会同王军范小五擒获凶手。

早晨，胖女醒来，见天已大亮，屋里白晃晃的，太阳照射进来。隔着桌子的另一张床上，瘦女睁着眼睛躺在被子里想什么。"你早就醒了？"胖女问。

"我想回四川去了，待在这里不是个事，提心吊胆的。"瘦女答非所问地说。

"回去呀，我也想回去。但那么点钱，把张爷的房租一交，路费还是不够呀！"

"那我们就住在这里等公安局来抓呀！昨天夜里把我的魂

吓掉了。”瘦女说。

“你的胆子太小了么！人家只是查户口的。”胖女说。

“把那个东西卖了，得了钱，我们快些走嘛！”瘦女说。

“是的，卖掉，卖得钱就走。卖到哪里去？”

“城里有个地方专门收购金银珠宝，是国家开的，按国家金银的正常价收购，那地方安全。”

“你怎么知道那地方？你去过？”胖女问。

“去过。是个男人带我去的。那家伙带我上舞厅，没有钱，就带我到那里把他的戒指卖了。”

“你还碰到这好的事情，没听你说过哩。走，我们今天就去那里，把东西卖了，就买车票回四川。我也想我老公和女儿哩！”胖女爬起来穿衣服。

“那是去年的事哩，那时生意还好做，找我的男人还不少，不像现在这么难过日子。”

“我们把耳环子一个人留一只，把金手镯卖了，行吧？”

“行！听你的。”瘦女答，也急急忙忙穿衣服。

两个女人穿好衣服，铺好床被，洗了脸，梳了头，就结伴出了三官村，朝市里走去。

胖女和瘦女并不知道被人盯上了。

黄城市中心大道八号是一家金银珠宝首饰商店，这家商店既卖各类金银首饰珠宝，也收购金银珠宝首饰，生意不错。全黄城市像这样的店子还有三家。

胖女瘦女进了商店，被店里的金碧耀眼琳琅满目弄晕了头。妈呀，柜台里有多少金银珠宝呀？这世界真是无法估量的。

她们走到专门收购金银珠宝的柜台前，框台里一个五十多岁面目慈祥的男子正在看一只翡翠戒指。

胖女把金手镯递上前，说："师傅，请你看看这只镯子值几个钱？"

那男子听见招呼，忙放下手中的戒指，接过胖女递上的手镯，在手上掂了掂，然后放在身边敲了敲，再仔细地辨认其成色。

胖女和瘦女盯着男子的一举一动，那男子很仔细，看了一会，叫来了另一个年轻些的男子，让他也看看。

老年男子说："你看看，我到后面去一下就来。"

这时候，鲁大元带着王军和范小五一拥而上，王军抓住胖女，范小五抓住瘦女，鲁大元给胖女和瘦女一人戴上一只手铐，那手铐亮晃晃的，像银子的光。

打算去柜台后面的男子转回头来。"我正准备去打电话的，你们就来了。其实这只镯子是包金的，里面是铜，值不了几个钱。

"什么？这手镯是包金的？那耳环呢？"瘦女叫起来。

“耳环倒是24K金的，还在你们手上呢！”王军说。

“我们戴上银手镯了，你们把铐子松一点好不好，我的手腕卡得好痛。”胖女的手腕粗，叫起来了。

城北镇的凶杀案不到三天就破了。这案子破得很顺利。罪犯文化低，有点蠢。鲁大元这样说。

“你要写成小说呀，没什么故事性，平平淡淡的，肯定没有可读性。”鲁大元说。

“小说不仅仅是可读性，小说还有其他的东西。”我说。

我是《黄城报》的记者，我就写了这篇小说。

河沙场

牛老七像头磨道上的驴，围着光溜的河沙场转来转去。间或，他停下步，看看浑黄雄阔的江面，晴天暑日，涛浪不兴，四层楼五层楼的江轮上往四川，下去上海，唱出悠扬的汽笛。冒着黑烟子的拖轮，轰轰轰地爬行着，几只木船只敢依着江岸，如散步般地航行，木船上安装的柴油机啪啪地叫着。

长江永远热闹，江水昼夜流淌，江面上船来船往，但就是没有牛老七盼望的运沙船。牛老七从昨天中午就在江边眺望，到现在已是下午四点了，运沙船连影子都不见。

“我日死你胡成进的老娘，说话不算话，这不是要断我的生路吗！”牛老七咬牙切齿，挺着肚子朝着长江大声叫骂。

牛老七从衣袋里抠出支烟来，掏出打火机点火，连按几下没一丝火星，再看，没气了。扬起手，那只一次性打火机就飞到长江里，溅起了一星水花来。

牛老七就钻进河沙场边的小砖屋里。牛老九在铺板上睡觉，一台电风扇在摆着头扇风，条桌上放着包红金龙烟与一只打火机。

牛老七抓过桌上的打火机，把嘴上的烟点着，狠狠地吸了一口，然后又愤愤地吐出来。

牛老九醒了，从铺板上坐起来，他长得牛高马大。

“哥，船来了吗?”

牛老七摇了摇头，说了句：“还没哩!”

他不愿自己的焦躁与愤怒影响牛老九，牛老九是个头脑比较简单的人。

“老九，你在这待着，注意江上，运沙船来了就给店子打个电话。我先回去看看。”

牛老七吩咐完，跨出小屋，匆匆地离开河沙场，翻过江堤，上了公路，在路边的树荫下站住抽烟。

公路一头通往县城，一头通往省城，公路岔出的一条石子路朝江堤方向延伸，然后翻过江堤，直达江边。

潘镇是县政府在改革之年划出的一片土地而新建的，带有开发区的性质。公路从潘镇边经过。因为建镇，政府在江边设了简易码头，但停靠的船只不多。

牛老七的河沙场建在江边。建河沙场其实很简单，在江滩上弄块平地方，周围用砖头砌上简易围墙，围墙口修座小平房。平地方上堆沙，小平房里营业，再加上一台称车装沙子的地磅秤，这就是个企业。

牛老七是这个企业的经理。他的生意出奇的好。

这时代，办个企业很简单，当个经理再容易不过了，关键在于能赚钱。

可赚钱就很难很难了。赚钱的关键又在人。

比如说牛老七的河沙场，还有他在潘镇经营的孺子牛餐馆旅社能否赚钱，就在于牛老七他怎么做了。

潘镇上的那个小餐馆和旅社，由牛老七的妻子莲蓬经营。妻子还是听他的，她姓余。牛老七中学时的老师给餐馆旅社写招牌时，代他们取了个孺子牛的名字。

这名字还雅，牛老七是十几年前的初中毕业生，还懂。

县政府的政策很优惠，凡愿来潘镇办企业经商或居住的人，给你很便宜的土地让你修房子，给你办居住证。农民也可以来，当然要交些钱还要带项目。这项目包括你开个小副食店或者摆个书摊子。

牛老七带着全家最早从老家孝感农村迁到潘镇。

潘镇一直像个建筑工地。修房子需要的沙要到五十公里外的县城去拖。县城的沙质不纯，且价格不低。

牛老七在离潘镇百多公里处的下游黄沙洲拖过三年的板车。黄沙洲的沙金灿灿，颗粒匀，是建筑用的头号沙子。黄沙洲的沙取之不尽用之不竭，沿长江用船运到潘镇，这生意大有做头。

牛老七的中学老师也调到潘镇中学，他给牛老七写过孺子牛的招牌后，常到餐馆来喝酒。牛老七碰上了，就要和老师碰上几杯，有时也和老师谈谈生意上的闲话。潘镇的孝感人不多。

“老师，我要办个河沙场，要不要得？”

“要得，这是能赚钱的事，你有眼光。”已经五十多岁的老师说。

牛老七的河沙场就办起来了。

牛老七在银行贷不到款，就找潘镇的潘老大借了五万元的高利贷。

牛老七到黄沙洲找了一家黄沙公司，签了供销合同，黄沙公司用船将黄沙运到潘镇江边，每吨五十元。牛老七再把沙卖给潘镇客户，每吨七十元。

潘镇用沙的工地就到牛老七的河沙场买沙。牛老七的沙好，价格与县城的沙相同，而且方便。

牛老七的河沙场生意出奇的好。

牛老七就请他的老师到孺子牛喝酒。牛老七心里有点忐忑，觉得这钱赚得不难，恐怕要出点什么事。

“只要能赚到钱，就不要去讲究手段了。兵来将挡，水来土掩，老七你要咬着牙干。”喝干酒，老师说。

牛老七觉得老师说的话不像一个老师说的，有点玄。

牛老七在公路边的树荫下把手里的烟卷捏碎了，牙咬得格格响，想着老师说的话，寻思着办法。

一辆满载沙子的卡车从他身边驰过，那是因为他的河沙场已两天无货，要沙的客户不得不去县城的沙场拉沙。他站了不到半个小时，已有八辆满载着沙的卡车开过去了。

“牛老板，你的沙什么时候到？我们可不愿意费时费力的到县城去拖！”一辆东风大卡车在牛老七身边刹住，司机从驾驶座伸出头来喊。

牛老七满脸堆笑，说：“快了！快了！我正在组织货源。”

东风卡车走了，车上满载的是沙子。

牛老七看到车上满载的是钱。从黄沙洲组织回来的沙子，牛老七每吨可以赚二十元。

看到钱就是不能赚，狗日的胡成进不送沙来，他的黄沙1号运沙船难道翻船沉江了！翻了船沉了江，淹死他个老狗日的。牛老七在心里恨恨地骂，他却没想到黄沙1号真的沉了江，还有谁给他运送沙子？那他的钱还能赚么？

黄沙1号如果没有翻船沉江，他毕竟还有指望。

黄沙洲的挖沙公司有好几个，但像黄沙1号这样能在长江里跑的船只有几艘，大多的船是在内河里跑，吨位小。

把黄沙1号争到手，牛老七可是费了日天的力，其他的能在长江里跑的船都有了固定的主子。

黄沙1号已给牛老七跑了近两个月，每天送一船沙来，每次二百吨。牛老七每天赚多少钱，黄沙1号的船长胡成进心里是清楚的。

“牛老板，生意好呀!”胡成进说。

“小本生意，小本生意!”牛老七边给胡成进递烟点火，边谨慎地说。

胡成进吸着牛老七给他递的烟，却淡淡一笑。

牛老七看见胡成进的淡笑，心里一沉，这要出鬼的。

果然就出了鬼。前天黄沙1号没有到。

牛老七派妹夫李文武赶到黄沙洲问情况。李文武夜里来电话，说是黄沙1号出了点故障，胡成进答应第二天中午运沙过来。

李文武昨天上午赶回潘镇。但昨天中午黄沙1号没有来。今天一早，牛老七就在江边等黄沙1号，黄沙1号仍旧没有影子。

牛老七回到孺子牛餐馆旅社时，已快是下午五点了。

牛老七走进自家的餐馆时，春儿、荷叶、玉环和李文武四个人正在玩扑克，他们的玩法叫跑得快，当然也带彩，一角钱一张牌，输赢很小。餐馆此时没客人。

妻子莲蓬正在厨房里备着菜。莲蓬的名字叫得与她的身子有些关联，她的屁股大，胸脯高，都像熟透饱满的莲蓬。莲蓬的腰却不粗，皮肤白里透红，很有几分姿色。莲蓬和丈夫共同创业，是牛老七的内当家。

玩扑克的四个人中，春儿是牛老九才娶的媳妇，二十来岁，身材好脸蛋俏皮肤白，姿色超过莲蓬。玉环是李文武的老婆，是牛老七唯一的妹妹，读过高中，相貌端正。荷叶是莲蓬的妹妹，与莲蓬同一个娘，皮肤却黑，个子小，却也机灵。包括李文武在内，都是二十岁上下的年轻人。

李文武见牛老七进来，忙问："七哥，船来了吗?"

牛老七摇摇头，有些沮丧。

"文武，你昨天看了那船没有？是不是真的有故障?"

"我看到船了，是不是有故障我说不准，胡船长说得蛮肯定的，第二天一定送沙来。"李文武说。

"还第二天，现在第三天都快完了，我看姓胡的是故意使坏。"玉环说得一针见血。

"算了，你们把扑克收起来吧!"牛老七说。

"玉环，你去学校把老师叫来，我找他有事。春儿和荷叶得准备待会儿来客人好接待。你们还是要到门口去招呼，不能坐等人家上门。"牛老七说。

“七哥，老九呢?”春儿一边收牌一边问。

“在江边守着呢!”

“那我等会给他送晚饭去。”春儿对男人记挂着。

女人们走开了，牛老七问李文武：“你估摸一下胡成进到底是怎么回事?”

“这狗日的说不准，反正是个蛮坏的家伙。”李文武说。

“五哥和权子呢?”

“他们在屋后砌猪圈，是春儿喊我来陪他们玩扑克的。”李文武赶紧声明。

李文武到屋后和牛老五与权子一起砌猪圈。

牛老五是牛家弟兄中活着的老大，当初牛老七带全家从孝感农村来潘镇时，牛老五因孩子多，没来。牛老七办起河沙场后，牛老五就到潘镇给牛老七帮工。

权子是荷叶还没结婚的男人。

牛老五和权子都是老实的农民。

玉环把老师请来了。牛老七就和老师上楼，开了个房间，打开空调，师生二人就聊起来。玉环把茶水和西瓜端进房间。

“运沙船还没来?”

“还没哩！把人急死了。三天损失我万把元。今晚不到，我明天就赶去，问问是怎么回事！狗日的姓胡的在整人，我还有合同哩!”

老师喝了口水，摸了摸下巴颏，沉吟了一会，又开口：

“你那合同治不了他。你与他的公司签的是供与销合同，并没涉及运输问题。黄沙1号是胡成进承包的船，他说船有故障，你是没法子的，除非你再另外想办法找船。”

“另外找船很难。为了找胡成进这艘船，我塞了他不少。如今他这样坏我的事，真他妈不够义气。”

“你塞的与你赚的比例如何？如今生意道上的人心黑。你还是要给胡成进摸顺毛，把他的心思摸准，对症下药。我看无非还是个财字。”

“我塞得太多，我就赚不了多的钱了。”

“其实他胡成进想帮你，二百吨的船可装三百吨，沙这东西不占地方。反正一船都算二百吨，你又无法去称斤两。同样，他想败你，一船也可以只装一百五十吨。在黄沙洲给运沙船装沙的工人全听胡成进的。”

牛老七赶忙给老师递烟。他心里惊叹，我这个老师不得了，他什么都知道。他怎么甘心在这个乡镇中学教书呢？他要是去经商的话，还有我们这些人的日子过吗？

“其实像我这样的人，只能说说，要是让我去经商办企业呀，可能会赔得老婆孩子都掉进去了。”老师说。“只要有赚的，就要舍得投资。财不行，还有色。”

牛老七陪老师喝酒，房间的空调开着很凉爽。

楼下餐馆的厅堂里摆的几张桌子，都已坐了客人，春儿与荷叶忙进忙出地端菜送酒，李文武也在帮忙。厨房里莲蓬站在灶上掌瓢勺，她炒起菜来，手脚不停，灵活麻利，客人点的菜，一般不会久等。而且莲蓬炒出的菜，色味香齐全，孺子牛餐馆的生意总不清淡。

春儿端菜进进出出，会惹些客人用眼光跟着她，这女子中看呢！有从省城到某县而路过潘镇歇脚吃饭的客，看到春儿的模样，在心里说：这小镇上也出如此美人呀！

轻狂些的客人，时时借点菜接菜盘的机会，免不了动手动脚，触摸春儿一下，春儿总是机灵脱身，用身体语言告诉客人要放珍重些，而脸上还是那平静的微笑。

春儿是聪颖的，很适合当服务员。

餐馆里食客们都已入座，菜也基本上齐，大家都已吆五喝六地进入境界了。作为服务员，事情已不多了。

春儿看看壁上的挂钟，已指向七点，她记挂着在江边守场的牛老九。牛老九块头大饭量也大，恐怕已经饿了。要给他送饭去了，春儿对这个大块头憨厚的丈夫很爱，心里总是记着他。

春儿到厨房，准备对嫂子说送饭的事。

莲蓬忙得汗流满面，衣服的后背也湿了。春儿对这位嫂子既尊敬也佩服，妯娌间相处得不错。

莲蓬在灶上看见春儿，忙喊：

“春儿，快给江边的老九送饭去，再不去他就要饿坏了，你不心疼我心疼呢!”莲蓬笑着递给春儿一只提把饭盒。

春儿接过饭盒，沉沉的，心里说，嫂子你想得真周到。春儿知道，饭盒里的饭菜一定不差。

“嫂子，那我就先去了啊!”春儿很亲热地说。

“快去！快去！路上注意点，天还不晚。”莲蓬正炒菜。

“荷叶，叫文斌、杈子，还有五哥过来吃饭！待会儿要是船到了，他们还要出力气哩!”莲蓬吩咐道。

荷叶答应了，不一会，李文武、牛老五、杈子到厨房边的一间小屋围桌吃饭。

“姐，给两瓶啤酒我们喝吧!”李文武不叫嫂子叫姐，表示亲热。

“荷叶，给他们拿啤酒。文武，把剩菜吃掉呀，莫糟蹋了。”莲蓬手上不停，嘴巴很少空。

李文武看到桌上有大盆的菜，眉头一皱，嘴里嘀咕：“我们只有吃剩菜的命哩！里面莫有烟头。”

那盆菜是客人桌上剩下的，倒掉可惜，牛家的工人和牛老七、莲蓬都吃。

严格些说，牛老七与莲蓬是老板，余下的人都是他们的工人。

“你不吃让我和杈子吃吧！我们在乡下过年过节才能吃到

这样的菜呢!”牛老五盛了一碗饭，闷闷地对李文武说。

李文武连忙闭了嘴。

春儿提着饭盒来到江边，夕阳西下，江边很安静，江面在夕阳的余晖中泛着金鳞般的细浪，江风徐徐，吹在人身上很舒服。

平时堆得像山样的河沙场看不到沙子，围墙伴着一块平地，两间砖砌平房孤零零地蹲在围墙边，有点落寞。

春儿看到牛老九蹲在平房前，弓着腰，眼睛望着江面在抽烟。春儿看牛老九那个憨样，有些好笑，她踮起脚，轻悄悄地走到他背后，突然“嘿”地叫了一声。

牛老九一下站起身，把脸转过来，用眼瞪着春儿像不认识似的，倒把春儿吓了一跳。

牛老九笑了。“你想吓我!我要是吓你能把你吓死的。”

春儿挥起拳头捶在牛老九身上，骂了句:“死东西。”

牛老九在小屋里吃饭，他吃得又狠又快，好像那菜饭是他的仇人，他把它们快准狠地咬住嚼烂然后吞掉。

春儿看着牛老九的吃相，笑着说:“你饿坏了么?看你吃饭像猪一样，生怕被别人抢走了。”

“这样吃过瘾些。狗日的胡船长还不送沙来。”

“是不是得罪了胡船长，七哥急得要死。”春儿说。

“春儿，我要日你。今晚我又得在这儿守夜了。”牛老九说话不转弯子。

春儿脸红得像夕阳，嘟起嘴说："你这人是猪，这青天白日的怎么搞？来个人多难为情。"

"这会儿还有谁来？我都忍不住了。"牛老九说着就把春儿搂进怀里，撩开了春儿的裙子。

"你说我是猪，那你就是个小母猪。"牛老九一下进入了春儿，边用劲边说。

春儿就哼哼地呻吟着。

黄沙1号运沙船正在夕阳下的长江上行驶，它傍着南岸，由东向西逆水而上，船是满载，吃水较深。这是艘铁驳子船，货舱深而宽大，适宜载煤、石头与沙。它载重量是二百吨，但装个三百吨也能行走，这点胡成进很清楚。

船尾的驾驶舱里，胡成进把着舵盘，操纵着船的行进速度。黄沙1号尖尖的船首，犁起一条浪沟，不慌不忙地朝潘镇犁去。

船上共有五个人，这五个人是胡成进的三叔，六十多岁的老头子，成天在厨房忙，做一日三顿饭。胡成进的弟弟胡前进，三十来岁，是除了胡成进之外唯一能把舵盘驾驶的。另两个是胡成进的堂弟和侄儿，都是二十来岁的小年轻。五个人里胡成进是船长，除了三叔外，胡成进对三位船员是能吼能骂，大家都乖乖听他的。

胡成进在黄沙公司承包了黄沙1号后，把在老家内河驾船的弟弟侄儿和三叔弄来，就在长江上跑起来。

黄沙公司的老板被牛老七塞了钱，指定黄沙1号跑潘镇，给牛老七运沙，每天运一趟，工作量不算重。

黄沙1号原来给另一处沙场运沙，那工作量比现在要轻，且收入要好一些。但那沙场已经关闭，人家那地方的建筑已搞完，再不需要沙了。

潘镇现在是大量需要沙的时候。

胡成进给牛老七运沙，有时超点吨位，但大多数总是平吨位。超或平，牛老七心里应该有数。牛老七每次接船也热情，烟呀酒呀猪肉呀往船上送一些，有时也三百五百元的给胡成进塞钱，那个度把握得严。胡成进觉得牛老七这个人不大方，没有多的油水捞。

胡成进给潘镇运沙，不是很下力。狗日的牛老七，老子再不会给你多装了，装多了你赚钱，老子得不到多少好处，你小气老子也不大方。

连弟弟与侄儿都在胡成进面前发牢骚，“牛老板不懂味是不是？给他运沙，好清苦呢，如今连打麻将的钱都弄不到呢！他一个月能赚了好几万哩。”

这话当着胡成进说，还有另一层意思：你这当船长的，是不是一个人得了好处，忘了手下的船员。

“少叫穷叫苦的，牛老板不就是送了几次香烟、啤酒和猪肉么！你们还要什么钱？你们每个月有工资。”胡成进说。

三叔就说：“你们少打麻将，牛老板不可能额外给钱，他这做河沙生意的，也赚不了几个！”

几个发牢骚的见胡成进沉着脸，也不再说什么了。

胡成进觉得还是应该给牛老板一点味道尝尝，也平抑一下船员的怨气。

于是，第一天他宣布船有点小毛病，检修一天。

昨天本说好中午给牛老七送沙的，他一早把李文武打发回了潘镇，却宣布留三叔守船，其余人放假，回老家去待一天。今天下午三时，他才让黄沙 1 号起锚，给潘镇送沙。这船沙，胡成进没让装满，他估摸着只一百六七十吨，让你狗日的牛老七吃点亏，你太没把我胡某当人了。

胡成进人到中年，儿子在老家高中毕业，进了地区的师范专科学校，两个小女儿在上中学，老婆在县城石油公司当会计，他们家的经济不紧张，他两口子的收入都不错。胡成进也不是钻到钱眼里去的角色，他在外面跑船半生，更讲究是一种江湖义气。你不义气，他就要使一点坏。

看看快到潘镇那个不像码头的地方了，夕阳快要沉江。胡成进叫来了胡前进。

“你来把舵，拉三声汽笛，通知码头。”

胡前进代替胡成进驾驶，拉了三声响亮的汽笛。

胡成进从驾驶室出来，走到船甲板上，叫堂弟和侄儿准备缆绳系桩靠岸。

这时夕阳完全沉江，江面被夜色掩盖，一片朦胧。

胡成进身边是两个年轻人，一个是他的堂弟一个是他的侄儿，手里提着缆绳，好像有点兴奋。

“成哥，船今夜就停这里吧，我们不走了吧！”堂弟问。

“嗯，不走了！”胡成进点点头。

“那我们就能去镇上潇洒一回了。”侄儿说。

“这里有个屁潇洒的，像一个建筑工地，到处堆的是石头砖块，到处竖的是没建成功的楼房，走路都绊脚。”

“就没个舞厅和唱卡拉 0K 的地方吗？”堂弟说。

“有哇，但是现在还正修着，正等我们运沙子来呢！你们待会上去找，找到了就去跳去唱嘛！”胡成进说。

“不上去玩，在这江边待着，有个么意思。要不成叔你陪我们打麻将。”

“想赢老子的钱？你手艺还差点。不过今天没空，牛老七肯定是要缠我的，我今天要好好地点化他一下，为我们大家都争点利益才好！”

“好，注意，船靠岸了，系缆绳。”胡成进指挥着。

黄沙 1 号陡地拉响的三声汽笛，把正靠着桌子忙活的春儿和牛老九吓了一跳。牛老九忙扯起裤子系上，春儿满面通红地把裙子理好，顺了顺头发，横了牛老九一眼。

牛老九没顾得上春儿，打开平房的门朝江面上一望，对春儿说："春儿，运沙船到了，我给七哥打电话，你快回去!"

牛老九给牛老七打通了手机，然后跑出门。

牛老九跑出门，嘴里骂着："个狗日的胡船长，两天不来，这一来就晚上来，老子们今天夜里是不能睡觉了。"

春儿叹了口气，把饭盒收拾好，就着灯光，把平房地上可疑的痕迹用脚擦去。这个粗人呐，快活过了，就不管别人了。春儿再次理了理衣裙和头发，提着饭盒慢慢地走出平房，看牛老九已跑向江边了，就离了沙场回潘镇。

这个时候，正好是运沙船往岸边靠的当儿，简易趸船上的灯亮得光明，胡成进在甲板上看两个年轻人紧缆系缆，同时他也看见牛老九朝船边跑过来，嘴里嚷嚷着。

牛老九嘴里嚷着什么胡成进没听到，胡成进是看到春儿从平房里提着饭盒出来，朝船这边看了一眼，后又袅袅婷婷地朝潘镇走去了。

好俏丽的娘们，胡成进心里一动。

牛老九已经过来了。胡成进从运沙船跳到趸船上站定，牛老九就嚷嚷：

"胡船长你来了，我们可是盼星星盼月亮呀。我在这里等你三天，我们三天无货供应，损失大哟!”

“哎呀，我还不是急得不得了！前天船出了故障开不动。昨天船没修好，今天下午三点才修好，我们连气都没喘一口就来了。”胡成进听牛老九说损失大，心想就是要你们晓得厉害。待会牛老七来了还要叫的。

“老九哇，你快去通知老七来卸沙吧，早点卸完我们好早点赶回去，争取给你们多运几趟嘛!”

“马上就来，我已经给我哥打了电话了，我老婆回去也会说的。”牛老九身上只有红金龙牌烟，只好给胡成进和两个系缆绳的年轻人递过去。胡成进接了烟，心里忖着刚才那个俏娘们原来是老九的媳妇！这个憨老九有艳福哩！

两个年轻人看牛老九递过来是红金龙烟，懒得接。

大约十分钟的样子，牛老七带着牛老五、李文武、权子，肩上扛着铲沙锹来了。

牛老九把卸沙用的传动带式机器推过来了，将那机器一头对着围墙内的平场，一头对着运沙船的船舱，然后把发动机什么的准备好，就开始卸沙了。

卸沙的人分两班，牛老九和权子先跳进船舱，把那沙子用大板锹铲了，扔到传动机的带子上，那带子呈凹形，把沙送到岸上的平场里。

牛老五和李文武就接他们的班，轮流铲沙轮流歇口气。

出乎胡成进的意料之外，牛老七见到他，并没有像牛老九那样叫损失抱怨，一句这方面的话都没说。

牛老七笑微微地走过来，给胡成进和两个年轻船员递烟，口里说着“辛苦了辛苦了”的话。

两个年轻人见牛老七递的是黄鹤楼软包装的烟，就接了。

牛老七还跳上沙船，给船上的胡前进和三叔递烟。

牛老七递完烟，对三叔说：“明天早上我再送两箱啤酒和肉菜来，生活不能差，你们跑船的辛苦呢!”

做完这一切，牛老七再才上岸，和胡成进站一起，点着烟，吸了一口说：“听说船出了点故障是吧！修好了么?”

“抢修了一下，这不，下午三点才修好，我就赶着来了，怕耽误你牛老板的生意呢!”

“嘿，不谈什么生意，都是过日子活人。今夜这里你就不管了，跟我去，我们弄点酒，弟兄伙的好好喝一喝。”牛老七拉着胡成进的胳膊就要走。

胡成进说：“那我对他们说一声!”

“三叔，您老就早点休息呀！你们几个要是上岸去玩，就早点回船。明天早上我们开船，下午再给牛老板送沙来。”

胡成进说过后，就和牛老七一起朝潘镇走了。

胡成进跟牛老七走进孺子牛餐馆的厅堂时，吃晚饭的客人已经走净了，餐馆里是牛家的自己人在吃饭。看见胡成进，莲蓬和玉环赶忙站起身打招呼：

“胡船长来了，稀客稀客，吃饭了么?”

“都八点钟了你们才吃呀！我在船上吃过了。”胡成进答。

荷叶没起身，朝胡成进笑了笑，又吃她的饭。

只有春儿没和胡成进打招呼，她用一双大眼看了胡成进一下，胡成进却一下子盯上了她，那眼里分明有一种内容。

莲蓬忙介绍说：“这是给我们运沙的胡船长，这是春儿，老九的媳妇。”

胡成进又看了看春儿，才知道她就是刚才在江边的那个女人，这小娘们耐看。

“啊，老九媳妇呀，过去没见过。”胡成进站了站。

“才过门不久呢！”莲蓬说。

荷叶和玉环笑了。春儿脸红了红，分外好看。

这一切都被牛老七看在眼里。牛老七说：

“我带胡船长上去休息一会，你们送些西瓜和饮料上来。11 点钟，跟我们弄点酒菜，我陪胡船长喝两杯。”

牛老七带胡成进上了二楼，胡成进上楼时又看了一眼春儿，看得牛老七心里发毛。个狗日的！牛老七心中骂。

二楼有几个房间，作旅社用。天气太热，潘镇又正在建设中，很少有客人来。牛老七把胡成进带进一个房间，空调早已开了。牛老七让胡成进坐了沙发竹椅，然后递烟，点火。

“胡船长，条件差昵，将就着休息一下吧，我去去就来。”

牛老七出了胡成进的房间，转身进了另一个房间。

老师还在房间里，酒已喝好了，正在点着烟休息。

“老师，没喝好吧，运沙船来了，我陪了个半截子。”

“喝好了喝好了，你忙吧老七，要不我先走了。”

“老师，我把胡船长请来了，在东头那个房间里坐着哩。您见不见一下？”

老师略一沉吟，说：“摆麻将桌，你上我上，再找个人陪陪。我来真的，你得设法送几个给他，让他赢。我来会一会这个船长。”

牛老七从楼上下到一楼厅堂，厅堂里的饭已吃完。莲蓬正在切西瓜拿饮料。

“玉环荷叶，你们马上去东头1号房里，把清洁做一做，把西瓜饮料都拿上去，把房间里的电动麻将桌打开。”

莲蓬朝牛老七望了望。牛老七顿了顿，看了看春儿一眼，说：“你去洗把脸，待会上去陪我们打麻将。”

春儿说：“我打不好！”

“老师和我都在，不怕。你想怎么打就怎么打，输了算我的，赢了归你得。这三千元你先拿上。”牛老七把一叠百元的票子递给春儿。

春儿其实是很喜爱麻将的，在娘家村里时，与女伴们打麻将上过瘾，不过那都是玩一角两角的。如今有这等好事，心里是喜的，就接了钱，回房间去梳洗去了。

莲蓬望着牛老七。

“要把这个狗日的胡船长拿住，要舍得本钱。”牛老七说。

莲蓬点点头。“江边卸沙的怕要送一次吃的去。”她说。

“你就和玉环荷叶办吧！”牛老七说完就上楼。

春儿穿上一件淡绿无袖连衣裙，和老师、牛老七一起到麻将室里，说陪胡成进玩麻将时，胡成进眼睛都放出了光彩。胡成进显得很兴奋，浑身流动着一种畅快，这将是个十分愉快的乡镇之夜，胡成进想。

“潘镇这地方小，正在建设，委屈胡船长了。”在牛老七把胡成进和老师作了互相介绍之后，老师这样说。

“这地方好，清静。”胡成进说。

“潘镇连个像样的歌舞厅都没有。胡船长我们陪你玩玩麻将，不来大的，只玩一块钱开一口的，混混时间好吧！”牛老七说。

一块开一口！妈呀，弄不好一晚要输三四千块钱。春儿心里想。但她明白自己今晚主要是陪玩，输了没关系。她一面微笑着和胡成进搭话，一面把麻将桌中间的按钮按下，码好的麻将立即从牌桌肚里升起来。

“胡船长手下留情呀！”春儿笑着说。

“哪里哪里，玩玩混混时间，友谊为重。我的牌玩得臭，春儿多配合嘛!”胡成进望着春儿，开着玩笑。

先各人摸一张牌定下东南西北的位置。

老师在东，牛老七在南，春儿在西，胡成进在北。春儿是胡成进的上家。

哗啦哗啦的洗牌声在夜晚显得清脆而有韵律。

老师玩得很认真，眼睛不断地观察着牌场的变化，他一开始就连着和了几个小和。

春儿玩得很投入，有几次她的牌不错，大和已经听了，但硬是没和成，被老师的小和搅了。

胡成进的感觉很好，开始时起的牌虽然不怎么好，但他无意去和小和，就一边欣赏着春儿出牌，一边等着机会和大和。

胡成进连着和了几个大和，老师点了他一炮，牛老七点了他一炮。他自己又来了个两杠开花。

胡成进很高兴，千把块钱已经到手了。

春儿有些急了，嘴里叨叨着：“硬是起不到牌，和不成!”

“你不能只图大和，小和能和就和几盘再说。”胡成进开导她说，然后瞅准了春儿要和的牌，连点春儿三个小和的炮。

春儿就笑逐颜开了。

四圈牌重摸风，春儿就到了胡成进的下家了。

第一个风四圈牌，老师略赢几百块钱，春儿略输几百块钱。牛老七基本没和牌，输了两千多元，胡成进是大赢家。

第二个风开始后，胡成进就不怎么和牌了。胡成进心里有数，这是想让我高兴，故意输钱给我。胡成进这人有点怪，对这种做法不以为然，他今晚决计不赢钱，这种玩意是幼儿园的游戏，他不感兴趣。

能有春儿陪着玩玩，就是一种愉悦，胡成进这个人严格说，也不太坏，他不贪财，特别是不愿要不义之财，点把小便宜他也不拒绝。胡成进喜欢女人，但也不胡乱瞎搞，有机会有条件也玩女人。跑船的人，长年在外，家不在身边，能完全禁女色也难。

胡成进故意不给牛老七送沙，是种说不清的心理。他知道少给牛老七送一船沙，牛老七就会少赚几千元的钱。两个月来，牛老七也赚了近十万了吧！可牛老七出手不大方，给点小油水，这点吃的东西，胡成进看不起，就成心玩他一下。今天想用玩麻将来送钱，胡成进不想领受好意。

胡成进今晚的兴趣在春儿身上，他要让春儿愉快。

胡成进稳稳地把握自己的牌，能和牌时也不和，听了和时，也拆得不听和。牛老七的原则是自己不和，要让胡成进多和。老师呢，只和点小和，使自己不输。

春儿就玩得很顺手了。和小和时，想要什么牌，上家胡成进就打什么牌，让春儿吃，让春儿很快就和。

春儿打条一色，已经倒了两句条子了，按规定，谁打第三句条子就该谁包。这当儿，胡成进打出一张条子，春儿又吃了，并兴奋地叫：

“胡船长，这回我的清一色该你一个人包赔了。”

“没问题，我敢出牌，我就敢包赔！”胡成进笑着说。

转手，春儿条子自摸，高兴地一推牌，和了。

胡成进一个人赔春儿四百多块钱。

春儿连着赢，脸上兴奋得放光，胡成进看在眼里，恨不得把春儿搂过来，放在怀里坐着。

最后的结局是：春儿赢了一千来块钱，胡成进保本，老师赢了千把多块钱，牛老七当然只有输了。

牛老七输得心里有点乱。

胡成进睡了，春儿回家了。

牛老七送老师到街上。

老师说：“胡船长看来瞧不上小钱。给他大钱你又用不着，你拢共才赚那么一点。这家伙喜欢漂亮女人。老七，想把这个家伙拿住，只有用女人啦！舍不得孩子打不了狼。”

凌晨五时多，牛老五牛老九李文武权子四个才从江边回来，他们一身的疲倦，倒床便睡。黄沙 1 号近两百吨黄沙，是他们一锹一锹地卸净的。

他们得抓紧时间睡，上午八时后，潘镇会有许多车辆到河沙场拖沙，他们又得去装车。

当然，他们也可以在装车的间隙轮流在那平房里睡觉的。都是干体力活的，他们的体力恢复得也快。在牛老七这里吃一份饭，拿两千元的工资，哪里能享福呢！

从内心的想法看，李文武是巴不得黄沙1号经常停运，不来潘镇，那么他们就可以休息，无沙可卸无沙可装。

胡成进早晨起来后，牛老七陪他吃了早点。

“牛老板，我走了。谢谢你的招待啊！今天下午我再送一船沙来。”胡成进和牛老七一边说话，一边用眼睛在餐馆厅堂里寻找，他没见到春儿。只有玉环和荷叶在忙着。

莲蓬从厨房出来送胡成进，说着：“胡船长，好走。”

春儿呢？早晨怎么没见到她，这俏娘们让人看了舒服。胡成进回到船上，牛老七已把两条烟两箱啤酒和一大块猪肉送来了。胡成进让胡前进把舵盘，开航回黄沙洲，他到舱室的小床上躺着休息，心里还想着春儿。

春儿早晨不在孺子牛餐馆。天还没亮时，她娘家村里有人到潘镇，给她带了口信：她弟弟考上了大学，但是属于独立学院之类的，学费较高，家里没钱，她爹要她回去商量办法。

春儿给莲蓬打了个招呼，就急匆匆地赶回娘家村去了。

春儿姐弟二人，父母亲是老实的种田人。父亲十几年前修水利，把腰摔伤了，做事出不了大力。一家人在土地里讨生活，日子过得总是紧巴巴的。

春儿的弟弟秋儿，读书到高中毕业。按春儿爹的想法是，秋儿应该回村种田或出外打工，不要读书了，农村读书读得出去吗？大学不是为秋儿这样的人办的。

春儿坚决要弟弟读书。大学为什么不是为农村人办的？农村人就是要上大学。春儿说：“秋儿你努力读书，将来考大学。”

爹说：“说得轻巧，考上大学哪有钱上啊！”

“我去赚钱，供秋儿上学。”春儿斩钉截铁地说。

秋儿果然被省城的一家三类大学录取，但这家大学要交的学费不低。

“要多少钱？”爹问。

“进学校交一万七千元。每月住宿与吃饭也要上千元。”秋儿说。

爹和娘吓得张开嘴半天合不上去。

“一万七千块钱，你把我和你娘卖了都值不了这个钱。”爹说，“我早就说过大学不是给你这样的人办的。”

秋儿就拿着录取通知书哭，连饭也不吃。

于是爹就托人带信，叫春儿回家一趟，劝劝秋儿。

“姐，你说弄钱给我读书的呢。”秋儿见了春儿，第一句话就这么哭着问。

春儿看了秋儿的入学通知书和报到时交的钱数，也惊呆了。这么多的钱，我哪里去弄啊？

“秋儿，算了算了。你姐姐又没开银行，她哪去变钱去。你明天跟你姐去，让你姐夫在河沙场或餐馆找个事做，赚点钱。”爹和娘都劝秋儿。

春儿抱着比她还高的秋儿的肩膀，静静地说：

“秋儿你莫哭，真的莫哭。你是个大学生哩。我要给你想办法，姐一定要让你去上大学。”

爹、娘和秋儿这时候都瞪着眼睛望春儿，看她有什么办法。

吃完早饭，牛老七送走了胡成进的船就跑到潘镇的几个建筑工地，告诉工头说：

“伙计，黄沙洲的沙昨夜里运到了，你们今天要沙就去拖。老价钱，肯定比你们到县城沙场要划算。”

“牛老板，你要天天保证供应才行，可别再缺货呀！”工头说。

“不会的！前两天是船坏了，船现在修好了，保证供应。”牛老七说完，就匆匆回到家，准备着喊牛老五几个人起床，到河沙场装车售沙。

牛老七这天的生意火烘烘的好，下午三点不到，场子里的沙全部被人拖光。

牛老七对累得有些歪歪倒倒的牛老五牛老九李文武权子四个人说：“晚饭叫莲蓬弄些好菜饭你们吃。你们现在赶快回去睡觉，夜里沙船来了你们还要卸沙。”

李文武跟着牛老五三人往潘镇走，心里说：这就是资本家的剥削与压榨。你是工人，就得给他死干，赚的钱是他的，你得的工资很少，你吃的是他的餐馆里客人吃剩下的饭菜。你还不好说他什么，他是你的亲戚或兄弟，你好像还要感谢他，是他给了你一个工作的机会。

将来我要当老板，我也要这样干。李文武心里说。

下午三点钟后，牛老七的河沙场又是光溜的，白花花的太阳照在残剩的沙粒上，反射灼人的光。江边很安静，牛老七在江边走动着，没有昨天下午的那种焦虑和咬牙切齿地怒骂。

牛老七眺望着一泻千里的长江，江面上来往航行的大小船只。太阳光在浪尖上跳动，江浪哗哗像吞吃着一缕缕的阳光。牛老七心里此刻有种欲望和力量，他也要向前奔泻，也要吞吃一种东西。他是个农民，他是个拉板车起家的农民，他吃过许多苦，他受过别人的剥削和欺诈甚至污辱，他是在污泥浊水中爬上岸的。

牛老七上岸了，他觉得自己是上岸了。他觉得自己还很弱小还不强大，他要更有力量些要更强大些，他就要吞吃东西。哗哗哗哗，就像江浪吞吃着阳光。

要想壮大些，就要把住胡成进。把住胡成进，他的河沙场就能兴旺发达地办下去。办河沙场能赚钱，从办的两个月情形来看，牛老七认为这是个太有赚头的生意。如果不出意外问题，让他经营一年，牛老七就觉得自己比较壮大了，他的根基就会要牢靠一些。

舍不得孩子打不到狼。套住胡成进，就要舍得孩子，牛老七在长江边一遍一遍地想。

牛老七一个人在河沙场守场子，晚饭是荷叶送来的。

“他们几个起来没有？还在睡么？”牛老七边吃饭边和荷叶说话。

“还在睡呢！”

“回去后就叫他们起来，让他们吃饭，待会船来了要他们来卸沙的。”

“好。”荷叶点头。

“春儿回来没有？”

“还没有哩。听说她弟弟上大学要交钱，春儿回去设法子去了。”

“是这样！”牛老七应了一声。

“改改从县城回来了，今天是星期六。”

改改是牛老七和莲蓬的独生儿子。牛老七通过老师的关系，把儿子弄到县城上初中，平时住校。

牛老七吃完了饭，看看表。七点多钟，运沙船也快来了吧！他让荷叶提着饭盒回去，叫牛老五他们早点起来吃饭，准备干活。

当夜幕降落江面，近八点钟的时候，黄沙 1 号拉响了三声汽笛，表示它的到来。

牛老七赶忙开了简易趸船上的灯，站在趸船上迎接胡成进的到来。

沙船靠好岸后，胡成进从船上跳下来，情绪很不错。他接过牛老七递的烟，朝牛老七扬了扬张开的手指。

“牛老板，今天至少给你多装了这个数。”

“辛苦辛苦胡船长，兄弟不会忘了你给的好处。”牛老七谦卑地说。

“走，伙计，今晚还是去玩麻将，混时间，把你昨天输的钱赢回来。”胡成进兴致很高。

牛老五牛老九李文武权子四人，连夜卸沙船。

牛老七老师和玉环，陪胡成进玩麻将。

“春儿呢？”胡成进问。

“春儿回娘家去了，她娘家有点事儿。”牛老七说。

胡成进立刻像泄了气的皮球，兴致提不起来了。

牛老七看在眼里，小心翼翼地陪着胡成进。

春儿从娘家匆匆回到潘镇，一进孺子牛餐馆，见到莲蓬时，眼睛红红的。莲蓬吓了一跳，春儿回娘家不到两天，面色憔悴，人瘦了一截，头发乱蓬蓬的也没梳理。

“怎么了春儿？家里出了什么事情？”莲蓬关切地问。

“嫂子，也没什么大事，却又是急死人的事。”春儿说，“秋儿考上了省里的大学，这入学费要交一万七千块，以后还要每月近千元的住宿生活费。”

“嗬，上个大学要这么多的钱，我的天哪！”

“秋儿想去，哭得连饭也不吃，我爹我娘没有法子，找我回去。嫂子，这事你帮我想个什么法子，我是非要支持秋儿去读书的。”春儿说着，红红的眼睛里有泪水溢出。

莲蓬忙安慰春儿：“快别难过，我们一起想法子。你先回去洗洗脸收拾一下，我跟你七哥再说说，这钱太多，还不晓得拿不拿得出来。”

“七哥呢？”

“他又急颠颠的不知跑哪去了！那个胡船长昨天又不送沙来，今天还不晓得来不来？一天不来，就损失几千块呢。”莲蓬说。

“胡船长在搞鬼名堂呢。”春儿说。

春儿回到属于她和牛老九的家。那家是修在孺子牛餐馆旅社后面的一幢五间的平房，春儿牛老九住其中一间，其余几间由牛老五李文武玉环和权子住着。

春儿用钥匙开了门，见牛老九在床上睡着还在打鼾。春儿上前捏了捏牛老九的鼻子，牛老九醒了，见是春儿，高兴得爬起来抱住了她。

春儿却在牛老九怀里流眼泪。

“怎么了春儿?”牛老九急煎煎地问。

春儿就把秋儿上大学要钱的事说了。

牛老九不作声了。牛老九是个老实憨厚的庄稼汉子，干活出力是好手，可他一辈子也没见过春儿说的那么多钱。一万七千块钱，哪里去弄啊!

“老九。你要想法子咧。”春儿眼红红地说。

“春儿，你说想个么法子呢?把我们手头的钱全部给秋儿，也还是差得好远啊!”牛老九着急，他看到春儿那样子，心里很难过。

“老九，我刚才对莲蓬嫂子说了，你再去对七哥说一下。只有先找他们借，然后我们两人再给他们帮工，还!”春儿说，边说边偎着牛老九的胸脯。

“七哥这会儿正恼火，个狗日的胡船长又在吊蛋，不送沙来。七哥拿他没法子。待会我去找七哥，一定去，莫急春儿。”牛老九把春儿抱着，上了床。

春儿在牛老九的身子下边，听任牛老九去动作，春儿在想胡成进。这个胡船长，送一会沙子又不送了，这分明是在搞名堂呢！她想起胡成进看她时的那种色迷迷的眼光，她陪他玩麻将时他故意点炮让她和牌时的情景。这个胡船长不好对付，七哥要想把河沙场办下去，兴旺发达，非得把胡船长拿住。

牛老九做完事之后，又躺在床上睡着了，他难得有大白天睡觉的机会。春儿从床上起来，打水洗了洗脸和身子，然后对镜梳头，淡淡地装扮了下自己，就锁门到前面屋里，去忙餐馆里的事情。

玉环、荷叶见了春儿，都主动问些她家里的事，春儿都一一说了，几个人感叹一番：这大学一般人家读不起呢！

中午有客人来吃饭，大家都忙活起来。

牛老七此时在楼上的一个房间里睡觉。所谓睡觉，只是躺着，并没有睡着。狗日的胡成进又在捣鬼，按常规他昨晚应送沙来，结果没有来。今早上沙场又无沙供应，潘镇要沙的客户就开始骂他了：牛老七你这样三天打鱼两天晒网的，一时有沙，一时无沙可不行呢，我们只有去县城拖沙了，你打乱了我们的计划呢。

牛老七只好赔笑脸：各位朋友，不是我牛老七的错，是那狗日的河沙船呢，突然的又不来了，连个招呼也不打。前次是船出了问题，这次怕也是船的毛病。我马上联系，沙一来我就通知大家。对不起！对不起！

牛老七给胡成进打手机，手机关机。牛老七就给黄沙洲的黄沙公司打电话。黄沙公司的供应科张科长接的电话，张科长是牛老七的熟人，得过牛老七的不少好处。张科长在电话里说："你个牛老七哟，这点本事都没有哇？你把胡成进照顾好点么！他这个人啦，不服狠，人也不坏，也不贪大钱，只有点把爱好，喜欢漂亮点的女人，其实很好照顾嘛。"

"我的科长大哥哟，我是小心翼翼地照顾的呀！我给他打手机他关了机，没有法子我的科长，请你一定想法通知他，请他无论如何今晚给我送沙来啊！我求你了科长大哥，下次来请你喝酒。"牛老七在电话里说好话。

"好，我去转达吧！"供应科长答应了。

打完电话，牛老七就被莲蓬叫过去了。莲蓬在厨房边的小屋里告诉牛老七，说是春儿回来了，春儿的弟弟考上了省城一个大学，要交费，一万七千块钱。春儿希望他们能想法子帮助。

牛老七的眉头紧皱了。牛老七说："天哪，一万七千块，我办河沙场才找人借五万块呢！上个大学要这么多钱哪。"

"生得太亲了，老九是你的弟弟，秋儿是她的弟弟，老七，能筹一点就帮助他们一下吧，我们尽心尽力。"莲蓬望着丈夫的脸，轻声柔语地说。

牛老七想到了胡成进那看春儿的眼光，突然血往脑袋上涌，他心里一动。用春儿拴住胡成进。牛老七默不作声，他要仔细想想，他的老师不是说：舍不了孩子打不了狼么？

“莲蓬，我先到楼上房里去躺一下，有些事我要好好想想，安排安排。你告诉春儿，叫她先别急，办法总会有的。你把中午的客人招呼好，忙完了，到房间里来找我，我们再好好商量商量。”牛老七说完就上了楼。

牛老七睡不成，他头脑中。有两个声音在交锋。

牛老七，你要发财就要闭起眼睛咬着牙这么干。让春儿陪胡成进睡觉，把胡成进缠住，让他每天按时运沙来，每次运沙都多运那么几十百把吨。能这么坚持个一年半载，牛老七，你能赚好多万呢！春儿那里也好说，她不是缺钱让弟弟上学么？你就借钱给她，对她说清楚，这钱是报酬，也不要她还了，只要她缠住胡成进就行。一个声音这样说。

牛老七你他妈王八蛋，春儿可是你的亲弟媳啊，你要她去陪胡成进睡觉，你这是干什么？你这是逼良为娼，你这是有辱祖宗卑鄙无耻丧尽天良啊！你没有人格，你见钱眼开，你要钱不要脸面了。一个声音在痛骂。

牛老七躺在床上，让空调呼呼地吹着风，两个声音在打架，他的头都是昏的。

胡成进这么样捣蛋，不想个办法，要沙的客户如果都烦了，不买他的沙，都去县城河沙场拖，牛老七你的河沙场就关门吧！

现在都什么时代了，还讲究什么脸面人格尊严的？笑话。有多少大学生研究生女孩凭自己的脸蛋身子到南方去赚够了钱，再出国，再回内地当老板，她们都是陪有钱人睡觉，那些报纸杂志上不这样登着的吗？只要有钱，什么事都可以做，何况只牺牲一个春儿？

第一个声音越说越有劲了：何况你这样做，也是帮助春儿，她的弟弟要上大学啊！她不这样做，她弟弟哪来那么多的钱去读书！牛老七你要当机立断啊！

第二个声音只是不断地痛骂牛老七，但那骂声却有点软弱无力了。骂，骂不出钱来啊！

已是下午两点钟了，牛老七听到有脚步声传来。牛老七熟悉这脚步声，这是莲蓬的脚步，莲蓬朝他走来。

牛老七从床上起来，他已经决定要怎么做了。

还是那句话，舍不了孩子打不了狼。

莲蓬推门进来，手里还端着饭菜。

“吃饭吧。”莲蓬说。

牛老七一边吃饭，一边和莲蓬说话，把自己的主意对莲蓬说了。

莲蓬没有表现出牛老七所想象的那么多惊讶。

“是不是这么定了？”莲蓬问。

“只能这么办了！”牛老七说。

“我去把她叫来，我们一起对她说。”莲蓬说。

牛老七点点头。对于莲蓬的态度，牛老七心里感到些许宽慰。

不一会，春儿和莲蓬一起走进房间。

莲蓬轻言细语不慌不忙地说了牛老七的打算。

春儿满脸通红，有些坐不住了。

牛老七在一边默不作声，埋头抽烟，但显得很不自在。

“为了秋儿上大学，能有什么办法呢？”莲蓬说。

春儿哭了，伏在莲蓬的肩头哭了。

“嫂子！我是一定要叫秋儿上大学的，我是没有法子啊！”春儿哭得好伤心。

“这事只有我和你嫂子晓得，不能让任何人晓得这事，特别是不能叫老九晓得。”牛老七说。

立秋之后，虽说夜晚凉快了许多，但白天的气温仍然不低，热乎乎的风，热乎乎的气流。

在一个夏天里，潘镇在平坦的土地上生长，道路铺起了，楼房盖起了，各种商店饭馆旅社兴起了，潘镇越来越像个城镇了。

潘镇的建设还在继续扩大，新的地基开挖，新的脚手架搭起来。牛老七很忙，忙而不乱。他的河沙场处在了发展的高峰期。胡成进的黄沙1号再也没有出毛病了，每天晚上八点左右准时到达潘镇江边简易码头。胡成进对迎在码头边的牛老七说："这船检修后，发动机现在没一点故障了，咱们按合同办，每天一船沙，决不会延误的。"

牛老七递上烟，说："胡船长，全靠你支持了！"

于是牛老七就把成条的香烟和成箱的啤酒，还有肉呀菜的送到船上。胡成进的三叔接过东西，口里说着多谢牛老板，又让你破费了。

牛老九、牛老五、李文武和杈子早做好了准备，握锹上船卸沙，传动机的凹形带子把沙送到沙场里，空空的沙场慢慢就堆起了沙堆。

最近的沙船，装得满满的，每次绝不止二百吨。

卸着沙的李文武心里嘀咕：这姓胡的肯定得了七哥的大好处了，要不怎么天天超载装沙，这是给七哥送钱哩！只苦了我们这打工的，每天要多卸沙多装沙。

卸沙的当儿，胡前进就带两个年轻人上岸逛潘镇，胡成进规定他们晚十一点回到船上。胡成进自己就跟随牛老七到孺子牛饭馆，在楼上东头的那间1号房里玩麻将，作陪的总是牛老七、老师和春儿。

玩麻将到一点的时候，胡成进就在东头2号房间里睡觉。

牛老七就送老师，这对昔日的师生有时对几句话。

“春儿的弟弟秋儿上学了吧？”

“上了，每月还给一千元生活费！”

“进项怎么样？”

“还可以。只要姓胡的每天准时送沙来，这进项就不愁。这些时，他每次都多装一些。”

“情绪还好嘛，正在兴头上，要把准点呢！”

“莲蓬问过春儿，姓胡的真的动了情呢。我担心老九。”

“老九要招呼好，万万不能出事。”

“这三千块钱你拿上，天天麻烦你来作陪。”

“我们之间是什么关系？你别客气了，我每天来也散散心么！马上也要退休了。”老师与牛老七推扯了一下，收了钱，装进口袋里。

“老师退了休，如不嫌弃，到我这里来做点事。”

“好，到时候我说不定来给你做点事的。”

牛老七送走老师，回到他和莲蓬住的房子。孩子在县城上学，莲蓬已处理完餐馆和旅社的一应活路，在灯下等他。两口子上床睡觉。

“今天营业收入怎么样？”牛老七问。

“不错，这几天吃饭的人多，中午晚上总有好几桌。旅社每天也能住满几个房间。今天有千把多块钱净收入呢！”莲蓬算了算，说。

“还真不少呢。累了吧！睡。”

“累了！天天总是累！睡。”

早上起来，牛老七送走胡成进和黄沙1号沙船，就到潘镇几处建筑工地通知工头，今天给他们几车沙，叫他们带支票或钱先到玉环那里办手续，再去沙场拖沙。

牛老七的河沙场，生意太好了，沙子只能是提前预订，然后交钱运沙。

牛老七让自己的妹妹玉环管账，只有玉环心里清楚，牛老七的河沙场近来赚了多少钱。

当然牛老七自己心里也清楚。

早饭后，牛老七就和他的四个工人，也是弟兄的牛老九、牛老五、李文武、杈子待在河沙场。他把四个人的工作时间作了点调整，让他们每人每天能保证充足的睡眠，休息好，不能太累。因为工作是长期的，长期的累，必定难以坚持下去。

河沙场旁边的平房里总是有床铺。晚上卸沙时，只需要两个人，另两个人就睡觉，然后轮换。白天给来拖沙的汽车装沙时，也只需两个人，四个人也是轮流地休息工作。

牛老七在河沙场的工作是司磅，他收下拖沙司机交给的提沙单，然后把车装到一定的吨位。司机的提沙单是在玉环那儿开来的。

牛老七一直忙到沙河场上的沙子全部被拖完为止。

日子就这么不急不忙平平缓缓地过去了。长江之水天天东流，时缓时急，总是波翻浪涌。生活之波天天泛起，时变时新，总是故事迭出。

在一个很平常的秋夜，凌晨两三点钟的样子。牛老九和李文武在江边卸沙，狠干了一通。看看余下的工作量由牛老五和杈子干，不很多了，牛老九喊醒了他们接班，与李文武休息。

牛老九先到江水里洗了个澡，洗得很舒畅，回到平房里时，见李文武已睡着，还打起了呼噜。牛老九就躺在另一张铺上，闭目休息。

牛老九睡眠是出奇的好，往日一上床就睡着，这天却怎么也入不了眠，他想春儿了，他想要春儿。

牛老九爬起来，在夜色中悄悄地出了平房，朝潘镇走去。他很快到了自己的家，他想象此时春儿一定四仰八叉地睡着了，春儿美丽的身子使牛老九热血沸腾。

牛老九打开屋门，屋里却空空如也，春儿不在家。

这么深更半夜，春儿哪去了呢？真是奇怪。

牛老九走出屋，他住的屋子旁边一间是荷叶住的小房，荷叶可能知道春儿哪去了，说不定春儿是回娘家去了的。

牛老九敲了敲荷叶的房门。

“谁呀？”荷叶睡意蒙眬地问。

“荷叶，我是老九。春儿哪去了？你晓不晓得！”

“春儿是不是陪胡船长他们打麻将还没回来？”荷叶说。

“他们在哪里打麻将呀？”

“在旅社楼上东头那间房子里。”荷叶打了个呵欠。

牛老九欲见春儿心切，心想现在什么时候了，还打麻将，难道打通宵，不睡一下吗？

牛老九是个粗人，粗人心也细，他去找春儿，并不想惊动别人。他放轻了脚步，悄悄地爬到旅社楼上。楼上的房间都黑着灯，东头的那间房也黑着灯，并无麻将牌的哗哗声。难道他们在另外的地方玩麻将？牛老九疑惑地想。

牛老九正准备走时，东头房间里的一种声音留住了他的脚步。他仔细地听了听，那是一种他很熟悉的低吟声。

也是该当要出事。平时春儿与胡成进云雨一番后就要回家去睡的。这天胡成进吃了一种什么药，夜里和春儿在一起时，有点没完没了，掀起一次次浪潮。凌晨的睡梦中，胡成进又翻到春儿身上，春儿不自禁地发出了低微的呻吟声。

牛老九在门外听清了那声音是春儿的时，头不由得变得巴斗大了，浑身的血液咆哮狂奔欲出，他变成了一头发怒的狮子。牛老九想也没想，飞起一脚，将那房间门板踢开，顺手把房灯按钮开了。

双人床上，胡成进黝黑的身躯趴压在春儿白腻的身子上，突如其来的变故，胡成进吓呆了。春儿一眼看清了事态的危险，把胡成进从自己身上推下去，抓起床头的连衣裙，往赤裸的身上一套，飞也似的跑了，连鞋也没顾上穿。春儿心里叫着：天哪！天哪！要出事了。

春儿还没来得及下楼，只听得牛老九狂叫的“啊”声撕破夜空，惊心动魄。接着又听到“扑通”一响，一件什么东西被扔到楼下的水泥地坪上，夜又归于暂时的安静了。

牛老七和莲蓬最先听见声音是发自旅社楼上，等他们跑出来一看，只见春儿披头散发赤着双脚惊恐地缩在楼道里。而楼下水泥地坪上，赤裸的胡成进头颅开花，倒在血泊中。

莲蓬听到牛老七不断地叫着：“我的河沙场啊！我的河沙场啊！”

河东河西

我跟着会计童吉喘大叔走上找秧之路时，我正在十六岁里面。吉喘大叔不说话，脸上是一片忧伤之色，就像他的小女儿珍妹淹死时那样。珍妹和我的小妹妹一年生的，原来约定下个月就去报名读小学一年级的。那天，大人们都去加高堤圩子去了，大水已经淹没了大田好深，也把在田边捉一只绿蛤蟆的小珍妹淹没了。多好的个小女孩啊，胖嘟嘟的脸蛋，见人就笑出俩酒窝，喊我"菱角大哥"时很好听。珍妹被大人从田里捞起来时，小肚子鼓胀着，两只眼睛瞪得好大好大。珍妹娘哭得死去活来，我娘和队里的许多女人们哭成大合唱，我也像女人样地哭了。会计童吉喘大叔没有哭，他不像现在这样一脸的忧伤望着那片大水。

我的心情也沉重起来。我打赤脚穿了双棕色的塑料旧凉鞋，这双鞋我穿了两个夏天了，底子已经磨得很薄，有一只的带子快断了，春光就用一根布带子系住，还蛮管用的，到底是女孩子有心窍。我提了提短裤，把背着的黄军用书包往腰后推了推。这军用书包是我上中学时背书用的，现在里面装着套换洗的背心短裤，还有够我吃一天的烙饼。烙饼是我娘今天起早做的，面粉中还调进了两只鸡蛋，够香的。我娘这时正站在路边的杨树下，旁边站着春桃还有我的大妹妹大欢小妹妹小欢。她们的脸上都是黯黯的，就像我家的茅草屋顶样，没一点明亮成分。春桃的眼睛望着我，眼光里有些东西，我是不明白的。

我把提在手里的草帽转动了一下，我想我们该动身了。我望望吉喘大叔，他还是那忧伤的样子待着没动。吉喘大叔是个黝黑的汉子，大脸盘络腮胡，平头上的短发直愣着像刺猬。吉喘大叔一手提顶发了黑的破草帽，一手提着只白布面口袋，那口袋的内容跟我的黄书包差不多，但多一把烟叶子和百十来块钱。那钱是我们生产队的最后一点家当。吉喘大叔的一双像枣木树枝的腿子杵在村头，腿肚子上爬满像蚯蚓般的蓝筋，两只大脚掌装在用橡胶轮胎皮做成的凉鞋里，这玩意耐用，但太粗糙太难看。

队长韩瘌痢是个小个子，他这时正和一堆男女社员站在另一棵大杨树下，与我娘他们站的那棵杨树形成了夹道欢送的仪式。韩瘌痢和一堆男女们望望我和吉喘大叔，谁都没有作声，但大家的眼光里是千斤的重托万斤的信任啊！我掂出了人们的希望的分量。全生产队一百几十张嘴，他们要吃，一百几十口人，他们要穿要过日子。还有公粮。

队长韩瘌痢叹了口很大的气，朝我们俩摆摆手："会计菱角呀，你们早点动身吧，全队人的希望在你们身上啦！你们路上注意呀，有了消息，早点摇个电话回，电话摇到公社，我老大会回村来把信的。唉，你们再看看这田，这是三百多亩田啊，我的天啦！"

韩瘌痢说完就蹲下去了，双手抱着他那颗光秃秃的头。他身边人堆中已有女人的抽泣声了。

是的，要看看这田，这三百多亩田，只有记住了这惨状，我们就会想天方设地法拼命地要弄回一批秧来，有秧就有法，无秧就无收。队长挑中我和会计吉喘出外找秧，是有考虑的，我年轻刚从学校回来，可能灵活些。会计吉喘呢，是队里的内当家，能吃苦也有权谋的。我们俩这回出去，是非要找回秧不可的，要不就没有脸面回来见父老乡亲。

这时大约是上午七点钟左右。太阳出来了，日头在东边逍遥自在地工作着，把红艳艳的光彩涂染了大朵的云团，离日头近的云团红了，离日头远一点的云团亮了，红的亮的云团簇拥着日头，组合成一块斑斓东方。是的，太阳这时是美丽的，天气还不热，早晨的凉风还没褪尽，站在村口看东方，是一种美的欣赏和享受。

我对着抱头蹲地的队长韩癞痢，对着面容凄切的一堆乡亲，还有脸色黯然的娘和春桃们，对着失女之痛未消又添灾毁之痛的会计吉喘，我有心思欣赏东边那日出之美吗？我在中学时培养的那点诗意早消失净了。我只感觉到心痛，只感觉到悲凉和压抑。

东边，那斑斓的色彩下面是我的乡亲们苦心经营的三百多亩好田。半个月前，我结束了中学的生活，失去了上高中的希望，我悲痛我灰心。我挑着被子行李回村来，当我第一眼看到我家乡的这一片无边的绿浪时，我的悲伤失意荡然无存，我是张开双臂扑向这片绿海的。

二季稻秧返青拔节，三百余亩稻秧平展展的一望无垠，秧苗绿翠浓青，浓得发紫，这是我故乡的稻田才能生长出来的颜色，是我的乡亲用胸脯捂出的颜色，用血汗浇洒出来的颜色。这是有生命的碧色，有灵性的碧色。用眼望吧，放开嗓门喊吧，绿色无遮无拦无穷无尽，光滑的绿色，你的眼光可以像飞机在它的跑道上滑行般地滑过这绿色，你的嗓音可以像城里孩子玩的飞碟那样紧擦过绿色的尖梢而飞向远方。微风起了，碧色荡动起来，荡动得那么优雅那么缓慢，像曼舞的少女轻掀她绿色的裙裾。缓缓荡动，缓缓荡动，那印象在我脑子中刻印下深深的形状，若干年后，我在城里生活了，夏天，当妻子从冰箱里端出碧色的果冻时，果冻那缓缓地微颤，使我想起家乡那浓得化不开的绿色稻田。

就是绿色的令人神往的舍不得用手心去碰一碰的绿色，在一个夜晚就消失了。百年未见过的瓢泼大雨下了一夜，某一处圩堤倒口，湖水肆无忌惮地淹没了绿色，也淹没了会计童吉喘的小女儿珍妹。

一个星期后，水退了，圩堤筑固了，可乡亲们的三百多亩稻秧，那使人心疼的绿色在哪里？

我的眼前是一片惨景。昔日纵横有序地爬满青藤草的嫩绿田塍，如今被乱七八糟地抛撒着，像理不清的烂草绳，像乡亲们百结的愁肠摊在光秃的田野上。田野里的洪水没有了，只留下腐烂的发黑的稻秧的尸体，空气里有股沤青草的臭味。没有幸存者，稻秧的美丽的躯体碧绿的青春被洪水们摧残殆尽，青春夭折了。队长韩瘌痢那天早上起来，是号啕着的，今天他都不敢再看一眼稻田的惨景了，他只好抱着头。一个星期的恶水，再坚强的生命也要被泡浓发臭。人们悼念着，悼念着失去了的稻秧，悼念着会计童吉喘失去的娇女。

我不敢再看下去了，那狼藉的田野，那没有了绿而呈现凄凉无生气的田块。太阳照在田块中的水泡烂泥耷拉的灰死秧禾上，发出刺目的光。

我们该动身了，我望了望身边的会计吉喘，他已收回了目光，他的目光却落在村子里。村子是小村，一色的土砖茅草屋，那该冒起炊烟的屋顶，都没有一丝生气。全村人都聚在村边了，他们中有多少人像我娘早晨一样没吃东西，或许喝了点清汤拌菜叶之类的东西。一些屋里断了粮，没断粮的家现在也得要把一粒粮食当作两粒用了，人们准备度饥荒。出去找秧，在被淹过的田里再抢插一季，秋后能收些粮食的。人们做出这种决定，不是什么抗灾夺丰收之类的壮举，而是为了队里百十口人锅里有煮的，有活命的粮食。春桃从我娘身边走过来，走到我身边悄悄问："菱角，几时回来呀？"

我说："这说不定的，三五天吧，时间要赶早咧，要不就晚了季节，插下去秧也没用。"我好像懂得不少，其实这是我听队长说的。昨天晚上他反复叮嘱我和吉喘大叔，要我们快去快回。

吉喘大叔毅然地收回目光，把白布面袋朝肩上一搭，喊我："菱角，我们上路了！"说完头也不回，抬脚就走。

我看了看我娘我妹妹春桃和队长以及树下的男女，也转身跟上吉喘大叔走了。

春桃在后面喊："早点回来！"

我没有答她，心里想，我还不晓得早点回。脑子里却留下我小妹妹的样子：她怀里抱根竹竿，是我娘为她备的。我娘说："小欢，你用这去赶鸡鸭，莫让鸡鸭糟蹋田里的稻秧啊！"如今我小妹妹没必要赶鸡鸭了，田里的稻秧没有了。

有个作家写道：太阳牛卵子热。这种感觉太奇特了，我想起来我跟吉喘大叔上路时，对太阳的感受就是如此，不过还不是一天中最热的时候。吉喘大叔的大脚掌丑陋的凉鞋踩在地上叭叭响，他的枣树枝子般的腿迈动起来快而有劲。我跟在他的屁股后面，也觉得走得很起劲，我觉得浑身有种使命感在涌动。

我们还是走在河东的土地上。要找秧。必须要过金水河，到河西山地里去找。金水河不是北京的那个河，而是长江的一条支流。河东是平地，朝东看过去，平展展的，可以望到长江的大堤，像条巨蟒样横亘在远处。在大堤背后的大片平地上，有大大小小的湖，我们在家乡叫作湖区。湖区有了不少的水利设施，但还是怕水，下大雨倒堤圩，是我的家乡最怕的事情，比对“文化革命”还怕。“文化革命”嘛，别人革命，他们种田，互不相干；下大雨倒堤圩呀，庄稼淹了，没吃的，最怕。我和吉喘大叔还走在河东的土地上。吉喘大叔不作声，他在看，看别的生产队的田淹得怎么样？结果是差不多，大家都淹了，都是湖区嘛，老天爷不讲面子的。别的队淹了，别的队也要找秧，那我们找秧就更困难了。要快，吉喘大叔走得更快了，我还在鼓足劲紧跟着。

渡口到了。金水河百把米宽，春夏时节，风和日丽，她袅袅婷婷，像个文静温顺的少女。那时，她水平如镜，照着白云，照着帆影，戏着小船，轻拍石埠头，真是条好河。河好河美就逗人喜欢，那时河上有多少渔船，艄婆荡桨，发鬓还插那么朵小黄花，艄公立船头，把那小渔网撒得像花般好看，然后捞起泼剌剌的鱼来，好有韵致。夜晚，踏着月色，来到河畔柳树边，听河水絮语，年轻人就放声地笑吧叫吧，好不快活。春桃拉我来过，我看到河上的夜景，岸边泊两三点渔火，我“啊啊”了半天，想念出几句诗来，却硬是什么也念不出来。现在看起来，春桃那时是喜欢我的。春桃是我姨的女儿，大我两天，可我从来不喊她姐的。幸亏我们那时没有相爱，要是爱上了，婚姻法是不允许的。金水河，水性杨花，说变就变的。就在我们的田被淹的那一天，她突然发起怒来，成了个凶狠丑陋的大肚子泼妇。她膨胀了她变粗了，满当当的一河浊水撑大了她的肚子。河柳摇摆，金水河披头散发，拼命地用肚皮撞击着河岸，大声呼啸，我不明白她要冲上岸去干什么？去帮湖水淹田吗？湖水早把田盖住了，你何必还来为虎作伥呢？丑陋的泼妇没人喜欢，渔船们早跑了，河面上没有插花的艄婆和张开的网花，金水河是个没人理会的丑婆娘。

我和吉喘大叔在渡口停下来，渡口有排柳树，柳树底下已有不少人了，而渡船在河西还没过来。吉喘大叔站在柳树下，敞开赤胸，摘下他的旧草帽扇风。我也摘下草帽扇起来，扇来的风解决不了什么问题，刚才的一阵急走，使得我有些喘气了，额上满是汗。吉喘大叔见我的样，问："累了吗菱角？你看这些人，怕还得等两船才过得完！凫过去吧，往上头找个僻静些的地方！"

我望望河面，河水不清不浊，在曾经疯狂过几天后，现在安静了。太阳在一点点地大起来，现在比牛卵子热多了。我感到热，我想到水里去凉快一下。这百把米宽的河，对我们这些湖乡男人来说，不值得一谈。我说："好！走吧，吉喘大叔，要抓紧时间。"

我们一前一后沿着河岸往上游走去，河岸呈倾斜状，不干不湿的泥沙土上长着蓬蓬绿草，这些草的生命力倒强，没被水淹死。我们踩在泥沙和绿草上蛮舒服的。走了一截子路，看看离码头远了，那儿的人望这边也不会望得清楚。吉喘大叔停下来，一把扒光了裤子和上衣，将一尊赤铜雕塑现在我面前，那胳膊那大腿那胸脯那肩膀，多么壮实有力，我相信此时即使天垮下来到他头上都要打个顿儿，这根铜样的柱子会顶挡一阵的。我学吉喘大叔那样，也拉下了衣裤，我简直惭愧极了，我看到我的胳膊胸脯大腿肩膀又小又白又没劲。我想在吉喘大叔身边，我像只雏鸡，什么东西伸出手来一捏，就能捏碎我。吉喘大叔是棵老杨树，我是老杨树边的一根蒿草。我两手摸摸屁股，我的屁股蛋子是尖的，我好伤心啦！我父亲两年前去世，我娘拉扯着我们兄妹三个，还要供我上中学。幸亏姨妈姨爹好，春桃也好，队里的乡亲们都好，他们对我家的照顾我永生不忘。我上中学时，吃的穿的都不如人，我营养跟不上去，到现在十六岁了，还长得这点点个子，太伤心了。

吉喘大叔在我发愣时，把我的衣服和黄书包再加上他的衣服一齐塞进白布袋中，我发现他的白布袋好大。他把白布袋顶在头上，一手高举他的黑草帽，连他的丑陋凉鞋都没脱，就走进水里去了。吉喘大叔在水里走着，一直是走着，下巴离水面好高，肩膀掌握方向，往前一拱一拱的，好快。我知道这叫踩水，是游水中的高招。

我也不脱凉鞋，扑进水里。我不会踩水，那时还不会蛙泳，我的蛙泳是后来在省城里工作在游泳池里学的。我只会两只手两只脚一起动的姿势，我们乡下叫“打鼓秋”，打得水啪啪响，且速度也不慢。草帽没有手拿，只好戴在头上，凉鞋没脱是大大的失算，穿着凉鞋打鼓秋，好不方便。我在河水里啪啪不停地前进着，我感觉到双脚在扬起来露出水面时被太阳晒得热，又感觉到双脚回到水里时河水带给的凉意，我的身子是伏在水里的，舒服极了。

吉喘大叔已经上了岸，穿好了衣服坐着一块半截砖上，我的衣服和黄书包放在一边，他看着我打鼓秋，说：“要学会踩水，踩水好！”

我爬上了岸，身子刚从水里出来，立时就尝到阳光的热辣尖锐了。我连身上的水都不擦，三下两下地套好衣裤，背上黄书包。吉喘大叔站起身，一脚把半截砖踢到河里说：“我们节约了半个小时，要等那破渡船啦，至少要走三里路了。”

我这时突然发现我的草帽出问题了。我的草帽是春桃买的，麦草瓣子编得细密结实，白晃晃的真是顶好帽子。春桃送给我的当天，我在草帽上写了“扎根农村”四个字，毛笔蘸着红广告颜料写的，不是用的红油漆。我的草帽被水浸湿了半边，广告颜料见了水，“扎根”二字成了团红粑粑，只留下“农村”两个字。我惋惜了一下。见吉喘大叔的胡子，干干的，连点水沫子都没有。我还是要学会踩水。

吉喘大叔在前，我在后，我们踏上了河西的山地了。

东西是不同，东西是个界限。我们河东地是黑油油的，可是到河西一看，地都是白的黄的甚至是红的，好有色彩。河东连个土包都没有，河西却有一嘟噜的山包，挨河边的小些，越往西望就越大，大到层层叠叠只看得到蓝乎乎的影子。到山地了。我看河岸边的一只小山包被人挖了个坎坡，坎坡裸露的土一层一个颜色，好看得很，真是五彩的土地呀！我跟在吉喘大叔的身后走着，太阳辣辣地照，周围没什么人，只听我们的四只脚踩在路上喳喳地响，时而带起些碎米石飞溅着。河东河西的路响声都不一样，一是“叭叭”声音有些皮；一是“喳喳”声音好脆。河西人做活路比较懒散，现在都快九点半了，他们都还没下地。远处山包下有白房子黑瓦，有树和炊烟。河西人做的活路不多，田地薄，收成不如河东好，可他们住的房子比河东好，基本没有茅屋。他们的底子厚，是世代祖居在这块土地上，长年积累下来的财产。土改时，据说河西山地里有一家地主，拥有一幢四十八个天井的大瓦屋，简直可以住河东一个村的人。河东人都是从外省逃荒来的，他们能吃苦，种庄稼精，湖田也肥沃，就是容易遭灾，所以他们如今住茅屋，不如河西人现在还在家里待着不下地过舒服光阴。

现在就有两个河东人在奔走，顶着太阳寻找。吉喘大叔说：“菱角呀，我刚才看见渡口人堆里有几个隔壁队的人，也提着袋子背着书包的，我敢肯定他们也是出去找秧的，我们要快！赶在他们前面。”

我紧走几步，也说：“要快，不让他们走在前面。”我说话时，我觉得我身上已经汗淋淋的了。我拿手在额头上一抹，抹了一手水，甩到砂土路上，打湿了几块灰尘。

吉喘大叔在前面奋头走着，脊背一耸一耸地好快。我跟着他，我不断流汗，我都有些气不匀了。但我不作声，我不能叫吉喘大叔等我呀，不能要他慢点走呀，现在是要赶时间。刚才看见的那个白房子黑瓦的村庄，似乎不远，其实好远，让我们赶了一个多小时才听到村口的狗叫。我们到了村头，见村子边有几十亩水稻田，都已插了秧。那秧黄黄的，在太阳下有气无力地瘦弱着。山地的水田肥力土质都不行，水稻产量不及我们河东田里的一半。山地人主要种苞谷土豆，种些稻子主要是为了自己有大米吃。我看见那些可怜的稻秧，真有些惋惜，这些秧要是插在我们那田里，嘿，那不是绿油油的才怪。

吉喘大叔在前面“嘿”地叫了一声，我赶紧跑过去一看，“嘿”，我也叫了一声。我本来快要消失了的劲头现在又鼓起来了，一股喜悦在全身散发开来，太阳都似乎不大了。

我们看到在几十亩瘦黄秧棵的水稻田中间，夹杂着一块秧，麻麻密密挤得缝隙都没有，秧苗儿长得有尺把多长。是块秧田，我们没看错。我紧跑几步到了田边，真是块秧田。天哪，真是老天照应，我们出门就找见了秧。我大致估摸了一下，这块田有两亩左右，这秧扯了运回去，可以栽四五十亩水田。虽然秧老了些，这是正常的，现在的二季稻栽秧季节已过了半月多了，谁还剩下嫩秧？有些队之所以剩下秧，是因为秧苗出得齐，水田里用不完，他们就把秧留着长高些，到时割了喂牛。我朝吉喘大叔喊：“是秧田是秧田！”

吉喘大叔跑过来，伸出他的大手抚摸着秧苗，轻轻地，就像过去抚摸他的爱女珍妹。我看见他的黑脸上有微笑闪出。他站起身，大手一挥，“走，进村去！”

一个一手提着铁皮锈蚀得很厉害的铁桶另只手握双筷子的老头把我和吉喘大叔带到队长门口，把我们带到队长门口后，他躬着个腰脊站在一边看着我们，不走。我朝他的锈铁桶里一看，里面有小半桶鸡粪。看来这些鸡粪是他在村里各处用筷子捡起来的了。老头有双浑浊的眼睛。

队长好半天才从屋里出来，赤着膊披件白布衫子。见了我们，队长伸开双臂伸了个懒腰，打了个大大的呵欠，似乎还没睡醒的样子。队长细高个，不到三十岁，穿件蓝布叠腰短裤子，看上去蛮窝囊的样。

队长说："么样，是喊我去公社开会去的么？好久没开会了，队里又没得多少活做了，口里也淡了，开会可以打打牙祭哟！"

队长的屋里蛮凉快的，却是有些乱糟糟的，也没什么家具摆设，几只东倒西歪的凳子脏得使人不敢就座。

吉喘大叔谦恭地说："队长，我们是河东的，我们队的水稻田被水泡了，我们是来找你们买秧的，用谷子换也可以。你们队里有秧吧？"吉喘大叔这是故意问的。

"啊，不是通知我开会的?!"队长又伸开双臂打了个呵欠。"当队长不开会，没得么意思！再不开开会，我懒得当这个队长了。公社开队长会打牙祭，那蒸肉好吃的是没得说的。"队长说完，咽了口涎水，喉结那儿咕噜了一声。

吉喘大叔又谦恭地把买秧的事说了一遍。

队长说：“秧？有哇！就在村头那块田里。差点被犁掉肥田了呢！不是老二那天犯懒病就留不下来。我派他去犁那块秧田，他请假上街卖猪，就没犁成。你们人到齐了没有？那块田四百斤谷子，你们人到齐了就去扯嘛。旺才叔，你招呼一下子就行了，谷子你们秋后送过来。”队长扯下布衫，准备回里屋去了。

那个捡鸡粪的躬腰老头用浑浊的眼睛打量了我们一下，忙喊：“队长，不是他们！昨天来买秧的是德宝的亲家，他们今天下午来的。”

队长又回过身来，看了看我们：“怎么，不是你们，你们不是德宝那个队的！那就对不起了，我们的秧叫别人买走了。”

吉喘大叔这时再也忍不住了，拉起我的手就走。我也扭头跟吉喘大叔快步离了队长的屋，真是的，这样的糊涂队长，啰啰唆唆耽搁了我们好多时间。我们快步穿过村子上路，那个捡鸡粪的老头子跟在我们后面，用他浑浊的眼睛送走我们。吉喘大叔说：“狗屁队长！”

我也大声说：“真是狗屁队长，叫他吃不上蒸肉！”

心里有火，时间已快到吃午饭的时候了。太阳这时和那个狗屁队长默契起来，毒辣辣地灼人。四处都是热浪，太阳光如数万根烧红了的针尖，在我和吉喘大叔的皮肤上戳着，身上热，内外夹击，我看到吉喘大叔脸色铁青地板着。他在恨狗屁队长还是在恨这天气，我无从知道。总之，我们在这个村耽误的时间一定要赶出来。我们快步疾飞，汗啦，烫呀的我无心去想了。我跟在吉喘大叔的身后走着，我们往下一个村子赶去。光走路，又没人说话，不想点事是做不到的，我的脑子又忍不住想起了事，乱糟糟的。

半个多月前，我还有着许多的梦想：上高中，再上大学，将来搞写作，到六十岁时就得到鲁迅那样的名气。现在看起来，真好笑。我连上高中的命都没有。“命里只有八合米，走遍天下不满升”，我娘这样说我，她老人家是信命的，在命运面前规规矩矩，从来不知道反抗一下。我的命就只是在这炎热天气里在大太阳下奔行找秧么？我不信，我是要反抗一下的。后来我反抗了，若干年后我实现了自己理想的一部分：搞业余创作。但是得到鲁迅那样的名气，是太狂妄了点，这辈子莫想，这只能当个三流作家。

在太阳底下行走，热渴难当，我觉得浑身的汗水已被太阳挤干了，喉咙渴得冒烟了，身躯再晒一会怕是要烧着的，烧起一蓬火，烧成一把灰。这时，我对中学生活非常留恋。虽然我们是乡镇的中学，而我又是比一般孩子家庭要苦的学生，但那确实比在太阳底下舒服一千倍。坐在教室里听老师讲课，讲得昏昏欲睡的，毕竟在屋子里不热呀！中午，班长逼着大家睡午觉，几十个人挤在一间潮湿的寝室里，可以甜甜地睡，虽然那寝室的气味难闻。待大伙睡着了，几个好伙伴悄悄溜出去，到镇边的金水河里洗冷水澡，打鼓秋，痛痛快快地玩。可是这种日子结束了，没有了。升高中的名单里没有我，再说即使有，我也不忍心让娘和大妹妹养着我，每月供给我四十斤米背到学校。我的路只有一条，回到乡间来，用我稚嫩的肩膀顶起我们家的屋顶，家里有我这个男子汉，才能叫作家。

那天，我拿着个小本本的毕业证书，挑起我的粗布被子和只木脸盆，木脸盆里有我已用不上了的课本练习本，我有气无力地由学校所在地金口镇往家走。我知道我没条件读高中，到真正已经决定不能读高中时，我少年的心是灰的，整个人也是灰溜溜的。那天我走在回乡的土路上，慢腾腾地挪着，比起今天的行路速度慢了一整拍。我走呀走呀，十来里路走了整半天。到村口了，我看见了那一大片绿色和在绿色里扯秧草的人群，我的心胸突然开阔了。特别是从秧田里爬起来接过我的担子的春桃，那晶亮的眼望着我："回来了！"我说："回来了，再不去了！"她说："真的?!"竟有些高兴起来。她高兴，我也突然高兴了。我心上的灰色也变得和稻秧一般绿了，我不知道是什么原因。春桃的晶亮的眼和家乡田野的绿色使我高兴了吧！我本来就是这块田野里的一棵秧苗或者是一棵小草的，和春桃一样。

天越来越热了，四周一点风也没有，天空没点颜色，只是发亮。我趺趺撞撞地跟在吉喘大叔后面走。吉喘大叔像是和谁赌气似的，抿着嘴唇，一声不吭，只听他的大脚踩得哗哗响。我的旧凉鞋有点磨脚了，不过凉鞋在热地上已变得软和和的，发烫。身边是有气无力的稻棵田，坡地上有瘦不禁风的高粱，叶子耷拉着。没有水，水田的水是浊黄的，漂几片苔藓，苔藓是黑的。我再朝前看，前面有光秃秃的山包，没有树。我们这样走到啥时候呢？这山地的村子怎么这样少？我想说话，但忍住了，也不吭声，只任着身体朝前奔着，奔着，跟着吉喘大叔，嘴里呼着气。此时，我渴望有一杯水，有一片凉荫，然而都没有。我咬紧牙关。我读过作家艾芜的《人生哲学的第一课》，我现在是在上这一课，何况我身后还有希望的眼睛。

爬上一座山坡时，山路完全变成了黄色。吉喘大叔加快了步子。这时我听见了知了在树上热得叫唤的声音，虽说这声干极了，在热空气中有些刺耳，接着有狗的叫声，我心里一喜，这说明前面有个村子。

吉喘大叔在前面甩过话来："菱角，加把劲，前面有个村子叫白云庵，快到了。我们在那里去歇歇，吃点干粮讨口水喝！"

我大声回答："好！"脚下的步子快起来，剩下的一点劲就最大限度地鼓起来了。

我和吉喘大叔相跟着进了村子。村子在一片凹地上，绿茵茵的一片大树掩着十来幢房子，村子周围也有几十亩水田，稻秧长得不错，和我们河东的稻子长得不相上下。房子都是白墙黑瓦。此时炊烟袅袅，饭香四溢，好一派和平安静的田园正午。此地风水不错，我们从山坡下到村里，身上的气温感觉降下了五度，就像从地狱进了天堂一般。但是此地无白云啦，有云只会在高处飘，不会飘到这样凹处吧！为什么叫白云庵？这里可能有个庵堂。我小时曾看过楚剧《庵堂认母》，庵就是尼姑住的地方。现在还有尼姑么？倒是可以见识一下的。我这人就是爱乱想些东西。

村子东头有间孤零零的小瓦房，白墙已经有些剥落，黑瓦沟里长有青嫩嫩的草，房子后面有株大苦楝树，枝杈如伞般罩住了小房。小房当门有三级青石阶，一扇木门虚掩着，木门可以看出红的底色来。房檐的四角翘起四只小兽蹲着。吉喘大叔直趋小房子，到了小房门前的青石阶上坐下，把肩上的白布口袋和头上的旧草帽摘下来朝脚边一撂，擦擦脸上额上的汗水，长长嘘了口气，像回到了家一般。我看见吉喘大叔坐下来，就站下用眼细细打量这小房子，在小房的门楣上望见了块凹进去的青石板，嵌在砖墙上，青石板上有“白云庵”三个隐隐约约的隶体字。我明白了，这是个真正的庵屋。我也像吉喘大叔那样摘下书包与草帽坐下来，哎呀，青石板上冰冰的，屁股舒服极了。

虚掩的木门吱扭一声推开了，小房里走出一个老婆婆，这热的天气，还穿件细布长袍，穿双黑布鞋，一头银发纯净发亮，找不出根杂色来。老婆婆颤巍巍的，脸上布满皱纹，但气色不错，一双眼睛看上去和善清明，给人一种慈爱的感觉。见老婆婆出来，吉喘大叔忙站起身，欠了欠腰身。我被老婆婆的仪态吸引住了，也站起身学着吉喘大叔的样子欠了欠身。吉喘大叔说：

“老人家，身子还硬朗啊！好些年没有来了，您还是这般健旺。”

老婆婆扶住门框朝吉喘大叔仔细地打量了几眼，说：“你是河东童家的老三吧？也见老相了啊！我还好，多亏队里五保，只是年纪大了，八九十岁了，到了阎王不请自己去的日子了。”老婆婆顿了顿，又望了望我，问：

“这个后生哥面生啦，是你们湾里哪个的伢呢？骨头嫩嫩的，跑这远来做么事哟？”

吉喘大叔答：“他是刘家四伢子的老大，四伢子前两年过世了。他叫菱角，刚从中学毕业哩，跟我出来找秧的。”

老婆婆把双手朝胸前一合，那个姿势庄重而好看。老婆婆说：“四伢子死了哇，造孽造孽！我看你们俩面带晦气，是遇到难事了。找秧呀，白云庵这村里没得的。你们喝口水歇歇气吧，我给你们弄饭去！”

吉喘大叔忙上前拉住老婆婆说：“不用啦老人家，我们带着有面饼子，天气热，不吃也放坏了！”

老婆婆说：“那我给你们弄点喝的来，水是有的呀！”吉喘大叔只好松了手。

老婆婆一会给我们端出口小陶缸来，陶缸里有两只带把的竹筒。吉喘大叔把陶缸接过来放在石阶上。老婆婆也在另一级石阶上坐下。我和吉喘大叔喝水吃干粮，老婆婆在一边闭目打坐，作冥思状。

我用竹筒舀了一筒陶缸中的水，水呈淡青色，亮亮的，我渴极了的喉咙立即咕噜咕噜起来，一筒水喝完，我用口腔细细品了品，水沁凉清香，略带点甜味，既消热又解渴。我又舀了一竹筒喝了，身上凉爽舒服，口里甜润清新，真是好茶水。那时，我一口气喝了三竹筒，把我娘为我做的鸡蛋面饼吃了一半，使得肚子饱饱的。在那酷暑的八月，在山地的一个凹处的村庄，坐在浓荫罩住的安静的小庵前，听村里偶尔传来的几声犬吠鸡鸣，旁边有老尼打坐闭目，饮了山中的仙泉，吃了美味喷香的蛋饼子，暑气消失了，旅途的饥渴劳顿疲倦没有了。那种舒服惬意劲，那种静谧安宁逸然的境界，使我终生难忘。现在想起来，总觉得那小陶缸的水还在润浸着我的喉咙，使我回味无穷。啊，美丽的白云庵，虽然没有白云，但比起白云深处的仙山一点也不逊色。白云庵，我再也没去过那美妙的小山村。

我打了个盹，我在梦里见到了一大块稻秧如绿毯一般。突然秧苗的绿毯飞起来了，我拼命地追呀追呀，身子轻了，我也飞起来。绿秧毯像块绿云，与我总隔那么一段距离，我伸出手去抓，可总抓不住。就在这时，吉喘大叔推醒了我，我睁眼一看，我们还坐在小庵前，老婆婆还在闭目打坐。我看到小庵的门前和石阶上洒下了一些水迹。吉喘大叔说，他刚才帮老婆婆挑了两担山泉水。吉喘大叔说，老婆婆陶缸的水是用一种草泡过的，这种草泡过的山泉水，清冽芳香解热消暑，我们河东人是很少喝到的，更不要说住在大城市的人了。

吉喘大叔脸上的气色显得和缓多了，他高大的身躯看上去充满活力与自信。小庵前的小憩，使得我们如一架疲倦少油的机器，充了油，经过修整，立即精神饱满，渴望快速运转。吉喘大叔提起白布口袋，戴上草帽，朝我招招手，要我们悄悄离开，不要打扰了老婆婆的好梦。

在我们抬腿要走的当儿，老婆婆睁开了眼睛，眼光朝我们身上一睃，然后站起身来。老婆婆伸手拢了拢头上的白发，说："就走呀，这白云庵就不要停了，你们上路后，翻过这道梁子，有两条岔道，你们沿向西北那条路走，到半下午就有收获的。千万莫朝西南那条路走，你们的气数不宜在西南，凶多吉少。童家老三，听我的话没错，带好这刘家四伢子的嫩秧秧，他的日子还长呢!”

吉喘大叔朝老婆婆欠了欠身腰，谢道：“老人家，谢谢您的指点哪！祝你健旺长寿哇，打扰了!”

我也朝老婆婆欠了欠身子，我谢谢她为我们提供了这么好的休息处所和甜香的茶水。

我和吉瑞大叔相跟着离开了白云庵，爬上了山梁。我把头朝凹地看下去，村子还是那么宁静，老婆婆还在小房前的青石阶上坐着，她大约还在闭目养神。这是个多么幽美的小山村啊!

我们又置身在太阳底下了，刚凉下去的身子又增加了温度，汗很快地寻找一切孔窍流出来。吉喘大叔在前面走的劲头很足，大脚掌踩在山路上喳喳地响得有节奏，我努力跟上吉喘大叔踩出的节奏来。山梁翻过了，那个叫白云庵的小村子不见了。我们朝前走了一截，果然山路分岔了，一条朝西南一条朝西北。我们在岔路口站住了脚，吉喘大叔朝西南那条路的方面望了望，西南那边的山势平缓得多，且有绿茵茵的颜色；西北方向呢，此时阳光正炽，只见一片耀眼荒坡秃岭，一色的黄土。按常识分析，山地人靠西南方向的水稻田多些，而西北方向的水稻田肯定要少些。我们找秧，肯定应该到水稻田多的地方去找，那里剩秧的机会也多些么。

吉喘大叔在岔路口犹豫不决。我望着吉喘大叔的脸，他的脸罩在旧草帽留下的一道暗影里，呈沉思状。

我指了指西南方向：“我们从这边走！”我说。

吉喘大叔没作声，过了一会儿，他摇了摇头，朝西北方向坚定地说：“朝这边走，老婆婆的话不会错的！”

于是我跟吉喘大叔就沿着西北方向的那条山路走去。山路变得小了，坎坎坷坷的也多，石子变得大起来，大石头被太阳晒得发烫。路两边的绿色也少起来，有一丛丛的乱茅草棵子，没有像样的一棵树，只有丛丛灌木堆子，整个山景显得荒凉些。路边也偶尔有些田地，地里是不足三尺高的苞谷秸子，苞谷果已被掰了，只留下干枯了的杆子。有点田，田里水少，有几株有气无力的稻秧，看来这稻秧是活不了的，纯粹是浪费种子。越走，太阳越大，我也越有点丧失信心了。这兔子不拉屎的地方，能有秧苗吗？我们怎么能相信一个老婆婆的话呢？老婆婆的那一套不是迷信么？吉喘大叔呀，家里等着秧呀，我们耽搁不得时间啦，我们要快点找秧啊！现在找秧的人多，河东那大片的湖田被淹，各队肯定要到河西山地来寻宝的。现在是谁寻到了秧苗，谁就能收到粮食。

吉喘大叔在前面坚定地走，没有一点犹豫的样子，好像前面有块金子等着他去捡似的。我想了许多，但我不敢说，因为吉喘大叔那么坚定有信心，谁又能说前面没有秧呢？谁又能说朝西南那条路就一定有秧呢！在我们俩人之间，我是应该绝对服从他的。我没有作声，只是吃力而强撑着跟上吉喘大叔的步子，冒着毒辣辣的日头，走完这条似乎没有尽头的山路。

我们走过一片荒无人迹的山坡，山坡平缓，但就是不长有绿色的生命，只长一些龇牙咧嘴爬着黑藻的石头。两面山坡夹峙，形成一个小山谷。我们走在山谷中时，四周寂静，没有一丝风，太阳似乎离得远了。我紧跟几步，和吉喘大叔挨紧了。吉喘大叔无所谓的样了，不停步往前走，边走边对我说："这个地方我似乎来过，是五八年大炼钢铁的时候吧，我和你父亲及一群小伙子来打石头，说这山上的石头能炼铁。他娘的，劳神费力把石头运回去，锤了碎块，烧了不晓得几多柴，烧出来的还是石头疙瘩，只是比倒进炉子时烫手些。嗯，就是这山，不怎么长草么，大概是什么矿石吧，只是我们烧不出来罢了！我记得，翻过前面那道梁子，有个叫竹林的村子。哎，菱角，加把劲，到那个村子歇脚！"

我说："好呀，我现在就想歇呢。竹林村就是种竹子的，能有秧么？"

吉喘大叔说："你这孩子不要说丧气话。老婆婆要我们朝西北走，肯定不会错的。竹林村没有秧，其他村还有嘛！老婆婆说话灵验，我晓得的，五八年时，我们试过。"

“你们么样试过?”我好奇地问。

吉喘大叔说:“我们打石头运石头过白云庵时，在她门口歇气。她那时还不太老呢，给我们送茶水。她算了我们打的那些石头，什么都不会炼出来，是劳命伤财。后来果然就劳命伤财了，灵不灵?”

我心想，那有什么灵不灵的。我也晓得石头烧不出铁。但我没有作声，紧跟着吉喘大叔走。我们俩再没有说话了。

走出山谷，翻过山梁子，太阳又热辣辣的了。我的身上脸上又挂满了汗珠子。皮肤灼得疼，脸上感到热烘烘的，就如站在一座炉子前朝炉门添柴一样的感觉。肩膀子背脊等处，都感到太阳的热力，脚每次踩下去，都似乎冒出了一串烟子。塑料凉鞋发软，像烧化了般，十分烫脚。吉喘大叔不吭声，我就决不吭声，我们在山梁子上奔命，我们寻找，寻找那绿茵茵的能长谷子的秧苗。山梁子走完了，下到坡底，吉喘大叔有些兴奋地说:

“看，前面就是竹林，到了到了!”

我一看，啊，果然在一片郁郁的竹林里坐落着一座村子，村子还不小呢!

这山梁下面的绿色又多起来，与我们刚才走过的荒山坡形成了鲜明的对照。我们不觉加快了步子，笔直朝竹林村走去。

我对白云庵那个老婆婆算是服了，她的指点是灵验的。她真的会神机妙算？我决不会相信。可事实又摆在我的记忆里不可更改，直到几十年后的今天，我还想不清楚老婆婆的预言。是巧合？不像。是心灵的感应？但心灵感应又是什么东西呢？老婆婆叫我们朝西北走，朝西北走到半下午就有收获。老婆婆叫我们不要往西南，往西南凶多吉少。后来发生的事证明老婆婆这个预言也是准确的。我们朝西北走，找到了秧。在我们找到秧的第二天，有两起找秧的人碰上了我，他们说他们在西南方向的几个村子都问遍了，连根秧毛也没找到。他们对我说这话时，吉喘大叔正在竹林村的一家农户里躺着，脸上微笑着，还没等我们村里人进屋，他就咽气了。

那天我和吉喘大叔到达竹林村时，大约三四点钟的光景，正是半下午的时辰，与白云庵的老婆婆说的时间很吻合。当我们走近村子时，村里有狗汪汪叫着迎出来。我和吉喘大叔吆喝了狗，转过一片竹林。我们立即停住了脚步，像呆了一样，眼前的情景使我们简直难以相信是真的。

我们第一眼看到的是个老人，光着古铜色的赤膊，戴顶硕大无比做工粗糙的草帽子，坐在一只独脚凳上。独脚凳的独脚实际是根圆树棍，树棍插进了田埂的泥土里。老人的身边是毗连着的两块田，大约有七八亩的面积。山地里有这么大面积的田是少有的。两丘田里都是密密麻麻的秧苗，挤得不透风，说明这秧没受损耗，长得很好。秧苗也有尺把高。四周并无多少水田，大约有三四块田，但田里没水，插下去的秧苗已经干枯了。而秧田有点湿润，是因为秧田旁边有口大塘，塘里的水是黄粉色的，水已不多了。秧苗田里此时正有两头牯牛吃秧苗，吃得呼呼的，吃两口就抬头咀嚼一会，似乎对秧苗不太满意。老人坐在独脚凳上，戴副眼镜，竟在看一本叫作《薛仁贵征东》的书，这是我后来才发现的书名。

看到牛正在残酷地啃吃秧苗，我和吉喘大叔同时一愣，我们俩的心都疼了。看看，我们四处像觅宝样的找秧，这里的秧竟被牛糟蹋，太可惜了。两头牛已啃吃了簸箕大的一块秧了。说时迟那时快，我和吉喘大叔几乎同时冲到老头面前，使得老头吃了一惊，眼睛从架在鼻梁上的眼镜框上望着我们，不知发生了什么事。

吉喘大叔脸上立即堆满了歉意的笑，我发现吉喘大叔脸上从来没有这样灿烂过。吉喘大叔柔柔地说："老伯，请做点好事吧！我们是从河东过来的，我们河东的湖田全被大水毁了，我们正在四处找秧补插。老伯，请您把牛从秧田里吆喝起来吧，这秧太宝贵了，卖给我们吧！"

老头听说，呵呵一笑，慢慢站起来说："怎么，这秧成了宝贝啦？队长早就叫人犁的，是我留下的，我说留给我的牛吃吧！算你们运气好！"

老头不慌不忙地走过去赶牛，那两头牯牛伸出舌头一撩，立即卷出一把秧到嘴里，嚼得卡巴卡巴地响，像嚼着我和吉喘大叔的心，我看到吉瑞大叔脸上痛苦的表情。

老头牵起了牛，看了看被牛啃掉的一块秧说："问题不大，这半茬子秧也可以插的，返青还快些。"老头像个种庄稼的内行。

老头把牛安顿好了后，又坐在独脚凳上看起书来。吉喘大叔上前小心翼翼地说："老伯，这秧我们买下了，找谁联系呢？"

老头放下书，摘下眼镜说："那要找锁队长咧，锁队长进县城去了，怕得两天才能回来。"

吉喘大叔问："那村里还有谁当家呢？"

"还有谁当家？谁也不能当家。除非找锁队长的娘子，她能当家。"老头说完，为我们指点了队长的家，就又去看他的书了。在这深山里，竟还有这么个识文断字的老人呢，他大约是个退休老教师或是什么的，我想。离开老头时，我朝他膝盖已经合起来的书瞄了一眼，我看见了书名。

我和吉喘大叔穿过一片竹林，到了队长的屋门前。队长娘子是个端正直爽的中年女人，看得出年轻时是风流标致的。她从屋里走出来，听完了吉喘大叔说明了来意，又朝我望了一眼，那一眼是很亲热友好的。队长娘子立刻变得热情开朗起来，忙说："快进屋坐快进屋坐，就这码子事么，我当家，秧给你们了，秋后收起了谷子，给我们这里送些来就行了，好啵！”

我和吉喘大叔连忙道谢，说她的心肠好，这下子能解决我们队很多问题。队长娘子摇摇头，说别说这话了。当初是队长要下这么多的谷种的，说是坡地可以改田的，要搞旱改水。等秧苗长好高了，旱改水才改了几块田，而且水源不足，插下去的秧也枯死了，这样，那两大丘秧也留下来了，秧田也快干了。你们再迟些来，那秧不叫牛吃光，也叫旱干死了。

队长娘子让我们坐了，进屋给我们端出两大茶缸凉开水，看着我咕噜咕噜地喝下去，疼惜地说：“这孩子白嫩白嫩的，累得好狠啦！饿了啵，大婶给你做荷包蛋吃。”

我忙说：“谢谢大婶，我不饿，真的不饿。”

队长娘子一笑，露出一口白米般的牙齿。

我和吉喘大叔趁这当口将茶缸的水喝完了，仔细回味一下，没白云庵那婆婆的茶水好，但是对于我们在太阳底下走了这么远的路的人来说，是蛮好的，解渴生凉。

吉喘大叔说：“他婶子，这秧的事情我就说好了，说定啦，不变卦吧！”

队长娘子扭头对吉喘大叔说：“你这人啰唆，我又不是三岁小儿开玩笑，说定了，不变卦，你通知人来扯秧吧！”

吉喘大叔说：“那好那好。他婶子，你们公社怎么走？那里有电话么？我跟屋里说好了摇电话通知他们的。”

“有电话有电话，出村朝西南方向走，有二十来里路咧，走到一个镇子就是贺山镇了，公社在那里。再走八十里就是县城了。这里到贺山不通车。”队长娘子爽快地介绍情况。

吉喘大叔问：“朝西南方向走？就这一条路么？”

“就一条路，非从西南方向走！”队长娘子斩钉截铁地说。

吉喘大叔和队长娘子一问一答的，就像没有我这个人似的。秧找到了，我的心放下来了，浑身松了劲，立即感觉疲倦袭来，有点坚持不住了。但我晃晃脑袋，想把疲倦赶走。他们的对话我听得不是太真切，再加上队长娘子和我坐在一条长凳上，她的眼光常来光顾我，弄得我好不自在。但我知道我们必须到贺山镇上摇电话回河东我们那个公社，告诉队长韩瘌痢的儿子，说我们找到秧了，叫队长快带人来运回去。

吉喘大叔站起身，戴好草帽，提着白布袋要走的样子，我也站起身，背好黄书包，戴好帽子，准备跟吉喘大叔走。

吉喘大叔说：“菱角，你就不要去了，这电话我一个人摇就够了，你在这里守着秧田，免得再有人来买去了。”

我说：“不会的，吉喘大叔，她已经答应买给我们了，不会变卦的。我陪你一起去吧！”

“菱角你不要去，听话啦！守住秧，我很快就赶回来的！”吉喘大叔转过身，又对队长娘子说：“他婶子，这孩子让他在你这里待着，我去摇电话去的。秧不要再答应给别人了。”

队长娘子说：“你这人像个女人样，放心吧！我说话算话的，你快去快回，时候不早了。菱角这孩子我看也累了，就在我屋里休息，没得事，我会照顾好的。”

吉喘大叔转身就走了，我送他到门口。他不许我送。我不知道这里有点什么名堂，吉喘大叔为什么不让我和他一起去贺山镇？我很困了。吉喘大叔走了，我打了个呵欠。队长娘子在屋里喊我，我进了屋。队长娘子已经把一只竹床摆后门口了，有风从后门外吹进来，凉爽爽的。竹床用湿毛巾擦过，竹床上放了只系着枕席的枕头。队长娘子端了盆水来，盆里有新毛巾，叫我擦擦脸，然后在竹床上睡一觉。我擦了脸，突然觉得队长娘子像我娘，或者像春桃，她们是爱的给予者。我感到心里一热。

疲困的力量太大，我终于抵挡不住竹床的诱惑，就躺在竹床上睡了。我睡得好香好香，什么都不知道，连个梦都没有做。我毕竟是刚出学校门，这一天的劳累奔波，使我稚嫩的筋骨渴求放松和休憩。

当我在我故乡西部的山地中的竹林村的竹床上睡着了的那几个小时，世界发生了什么变化，我说不清楚。但肯定是有变化发生了。事后我想，当我睡得正香正甜之时，吉喘大叔顶着并没有弱下去的酷热，在山地里走着，他的大脚掌频率飞快，喳喳声不断，他在往西南方向行走。我想吉喘大叔之所以不要我随他去的原因，恐怕是因为这个西南的方向问题。在吉喘大叔不可选择地朝西南行进时，白云庵那小房子门前打坐的老婆婆有什么预兆没有？或者老婆婆心血来潮，掐指一算，就知道吉喘大叔要出事么?！我不相信，我决不信这一套玩意。老婆婆说我们朝西南走就会凶多吉少。吉喘大叔为了不叫我跟着一起受难，要我避开凶气，才坚持要我留下的。我觉得这一切都是胡说八道毫无根据。事后我问我娘，问春桃，她们在我出去找秧时心里有什么感觉？她们说她们一直在担心，盼望我们快点找着秧回来。这种感觉是完全正常的。吉喘大叔出问题的根本原因，是他有夜盲眼，一到天黑就看不清东西了，只靠摸索。我要是早知道他有夜盲眼，我会一定要陪他去的，我有一双好眼睛呀，在夜里特别的敏锐。我晓得吉喘大叔有夜盲眼是后来听我娘说的，那时吉喘大叔已经死了，到我父亲和小珍妹生活的那个世界去了。

总之，我睡着了好多个小时，听队长娘子说，她看我睡得太香了，舍不得叫醒我。队长娘子很心疼我很喜欢我，她有两个生得不错的女儿，就是少一个儿子。她很想把她的大女儿娇娇嫁给我，后来看到春桃对我那般的好，就灰了心，要我叫她干娘。我最不愿给人作干儿子，只同意喊她婶子，她也就让步了。我发现这位竹林村的婶子是个好心肠的人，是个好婶子。

在我的乡村人物中，这个我都叫不上名字的婶子是排在其中的，所以我就要写写她，让她存在于我的小说中。

总之的总之，在我睡着了的这几个小时里，发生了如下的事情，使我终生后悔。

吉喘大叔没了我这个累赘，就健步如飞地赶路。二十里山路，他一个多小时就赶到了。到了贺山镇，吉喘大叔无心去观赏街景，其实那也谈不上什么景。吉喘大叔一心一意找公社院子。找到公社的院子，别人已经下了班。吉喘大叔找管电话的秘书，秘书正在打牌，背上已被人贴了三只乌龟。吉喘大叔忙不迭地向几个打牌的上烟。吉喘大叔上了烟，帮忙点了火，就向秘书说好话，希望他能把办公室的门打开，他借电话用用，他有急事。

背上有三只乌龟的秘书这盘又输了，第四只乌龟马上就贴上了背。他要输了赶本，把身上的乌龟甩掉，就把办公室的钥匙交给在旁边抽烟的炊事员，叫炊事员开门看着吉喘大叔摇电话。吉喘大叔再三感谢，在炊事员的陪同下，开了门，摇通了电话，叫队长韩瘌痢的儿子连夜回村通知，叫全队人来竹林村扯秧运秧。

摇完了电话，吉喘大叔向打牌的人道了谢，又上了一圈烟。吉喘大叔长长松了口气，任务基本上完成了，没有辜负乡亲们的期望啊！在吉喘大叔离开几个打牌的人时，公社秘书背上又贴了一只乌龟，一共五只了。

吉喘大叔从公社院子里出来后，到贺山镇唯一的一家小餐馆里要了碗蛋汤，把布口袋里面的饼子拿出来，就着蛋汤吃了。面饼子在布口袋里装了一天，已有点馊味。吉喘大叔饿了，风卷残云般吃光，打了个饱嗝。看看布口袋里的饼子没有了，百十元钱的钞票还在，吉喘大叔就系紧布袋口子，戴上草帽，走出小餐馆。天已经快要黑了，草帽用不上了。吉喘大叔就把草帽拿在手上，提好布袋，趁着落日的余晖，走完回去的二十多里路。

吉喘大叔完全可以在贺山镇上住一夜的。但是他没有，他想起了那两丘绿汪汪的密麻麻的秧，他也想起了我，他把我放在竹林村了。他必须赶回竹林村，他要尽快地站在秧田边，守住那秧。或者他走下秧田，把那秧扯了，扎成一把把的，明天队里来人好运走。明天是个大热天，明天也是最忙的一天，两丘秧要扯完，要运回河东，即使打夜工也要干完。秧早一天插下去就早一天收获。吉喘大叔想，队长韩瘌痢的儿子这时肯定骑了自行车往村里赶，他要报告大家一个好消息：吉喘会计和菱角找到秧啦！

吉喘大叔的步子迈得越来越快了，要赶紧走路，要争取在天黑前赶到竹林村才好。天马上就要黑了，天黑了就太难办了。吉喘大叔知道自己是夜盲眼。由于电话已经通了，吉喘大叔有些高兴，他完全忘了白云庵小屋前那个老婆婆的警告。他就是不忘又怎么样呢，反正他是个夜盲眼，他不带上我，是很大的错误，但是后悔不及。

太阳的余晖很快就消逝了，山里说黑就黑，夜幕刷地一下就落下来了。叶喘大叔开始还能看得见隐隐发白的山路和隐隐发蓝的山影，后来就什么也看不见了。四处一片漆黑，没有声音没有灯光没有山也没有路，吉喘大叔只觉得有无数的黑墙壁朝他倒过来，压过来。吉喘大叔提腿踢那黑压压的墙壁，用肩膀斜撞那黑压压的墙壁。他的一只手紧紧抓住布口袋，口袋里有队里的最后百十元现金和他的一把还没来得抽的烟叶；一只手拿着他的那顶发黑的旧草帽。黑压压的颜色踢不开撞不开，吉喘大叔没触碰到什么东西。他想叫，他就放开嗓子呼吼起来，仍然无济于事，吉喘大叔的声音被夜色裹挟去了，然后随便扔在那个石头旮旯里。夜色狞笑着，狂舞着，紧紧包围住吉喘大叔。吉喘大叔流汗了，喘息了，他渴望除了黑色之外的任何颜色，此时有只萤火虫也能救他。但什么颜色也没有，萤火虫也没有，只有黑色，这可恶的黑色凶狂的黑色恶毒的黑色，吉喘大叔恨死了这黑色，他要突破这黑色，他要冲出这黑色，他要走向竹林村他买的秧边，他要走向金水河，走向我们的村子走向我们队的大田，他弄回的秧苗要插到田里去，他插在田里的秧要碧沉沉的绿油油的秋后一片金黄色。

吉喘大叔刚才在黑暗降临之际，只顾对付那黑暗去了，也不知自己转了几个身，现在东西南北他是彻底地分不清了。哪个方向是朝竹林村去的呢？没有谁告诉他。他用脚轻轻地探着，探着实在的路时，他才踩下去，然后再抬起脚探，再踩下去。有几次他探着了山坡坡或大石头，那肯定不是路了，就只好又退回来。他估计这里离竹林村不会太远了，最多只有七八里路的样子。他要这样摸索着走到竹林村，或者路上会来个什么人，他将求那人把他带到竹林村。吉喘大叔那时又想起了我和队长娘子。队长娘子不会把秧苗再答应给别人吧，有菱角在那里呢，有个人在那里守着呢，保险得很。不过今夜是一定要摸到竹林村去，村里的男女明天一早就会赶到，他要和韩瘌痢队长商量工作，让一部分人扯秧，一部分运秧，先运到金水河边再说。两丘田的秧运回去，插那一片大田，将秧蔸分细点，大约差不多了吧！如果还差点，再派人出外找点秧回去。

吉喘大叔在黑暗里摸索着路，脑子想了许多的事情。

危险被黑暗掩盖着，死亡被黑暗遮掩着。在吉喘大叔摸索着的山路边，是一堵三丈来深的绝壁，壁上光光的连绊脚的草与树枝都没有。吉喘大叔摸索着前进着，一步一步，他要走出黑暗走出山谷。吉喘大叔脑子里还在想事情。他想起了小女儿珍妹，那天该嘱咐女儿不要到水边去玩的，女儿是个听话的孩子。没顾得上嘱咐，跟珍妹娘急急地上堤圩子抢险堵口去了，珍妹就淹死了。珍妹睡在棺材里，棺材小小的，妻子哭得死去活来。想起珍妹，吉喘大叔就心如刀绞，但在人面前他不哭。在这黑暗之中，吉喘大叔眼里涌出了泪水，他用握着的草帽和手臂擦去。

就在吉喘大叔用手臂擦眼泪的那一刹那，他用来探路的脚因为踏不到实处，就继续往下放，身体的重心朝壁边倾斜，终于吉喘大叔一脚踏空，山里响了一声，像只布袋摔到崖底的响声一样，很快就沉寂起来。

过了好久，几颗星星在山顶上冒出来，眨着小眼睛注视着寂静的山里，一条蜿蜒的山路边，有一顶旧草帽。

我在竹林村队长娘子家睡的一觉太长了太长了，队长娘子出于对我疼爱，不愿叫醒我。当我醒来时，我发现我睡在陌生的地方。回忆了半天，才想起这是竹林村，我突然想起吉喘大叔，他到贺山镇摇电话去了，现在回来了没有？我一骨碌从竹床上翻坐起来，把竹床弄得吱扭一响。

电灯被扯亮了，我看到队长娘子从内房里出来，只穿了条花短裤和白纱布做的圆领衫。队长娘子很好看，那屁股那大腿那脖子那乳房都是恰到好处的大。我那时年龄小，对女人似乎不太感觉到兴趣。队长娘子说：“你起来做么事？还早得很，再睡睡吧菱角！”

我说："吉喘大叔回来没有？现在是什么时候了？"

队长娘子说："他没有回来呀，现在都转钟两点了，他肯定在贺山镇住旅社了，要不怎么现在都没回来呢？"队长娘子把小闹钟给我看。

我心里立即有了不祥的预感，说不定出什么事了，我却在这里睡觉。深更半夜的，吉喘大叔一个人危险，我要去找他去。我下了竹床，穿上凉鞋。我说："我去找他！"

队长娘子惊讶地说："孩子，这深更半夜黑灯瞎火的你么样去？你不能去。"

"我非得去不可，吉喘大叔要是出了事怎么办？"我边说边系好凉鞋的带子。

队长娘子想了想，朝内房喊："娇娇娇娇，起来！"内房里有人"嗯嗯"地应着。

一会，内房里出来个女孩子，十五六岁的样子，身个模样都跟队长娘子一般，连穿的花短裤白纱布圆领衫也是一样的，只是比队长娘子更粉嫩一些。

队长娘子说："娇娇，我们快穿上外衣，把马灯提上，跟这位哥哥到路上去接人，接一个找秧的大叔。"然后又对我说："菱角，我跟娇娇陪你去！"说完进内房准备去了。娇娇看样子是个温顺的孩子，听了娘的吩咐就进内房了。

没有等到五分钟，娇娇娘俩准备好了，提一盏马灯。娇娇出房门时，偷偷地打量了我一眼。队长娘子灭了电灯，把后门插上，把前门锁了。她告诉我，小女儿细娇还在房里睡着没醒呢。

我们三人提着马灯上路了，娇娇走在前面，她对这路看来是很熟的。娇娇不怎么说话，有时，我发现她回过头来，用她的大眼睛悄悄地盯着我。队长娘子的话很多，好像等来了个好机会，不断地向我提问题。你家里还有哪些人啦？你是哪一年生的呀？为么事不读书了哇？你们那个地方好不好呀？等等问题飞向我，我就逐一地回答。反正没事，而且我对这娘俩半夜里起来陪我摸夜路找人的行动抱着感激之情，回答得很详尽。我说了我的家，说了我为什么没上高中，说了我们队里的一些情况。娇娇一直没作声，但耳朵在仔细地听着。娇娇是个好姑娘，不多言多话，温顺善良，她将来准会是个贤良媳妇，可惜我没这福气。

天上有星，夜风沁凉，四周围是黑的。我们的马灯的如豆光焰，射穿黑夜，给冷的山路带来些许温暖。马灯的光焰有限，远处的黑黢黢的山影默默地瞪着我们这夜行人。我们沿着通向贺山镇的路走。队长娘子和我对着话，三个人的脚步喳喳地踏响山径，我们走得很快。我希望快点见到吉喘大叔。吉喘大叔难道真的住在了贺山镇了么？他就是住在贺山镇，我也要赶到镇上把他找到。

走夜路时有人说话，时间过得快，路也不知不觉地走了很多。我们大约走了四十分钟的样子，路上什么也没发现。一会，娇娇的脚步稍慢了下来，队长娘子和我抢上一步，与娇娇站在一起：马灯光下的山路边有一顶黑草帽。我的心突地狂跳起来，我喊着："这是吉喘大叔的草帽。"

队长娘子一把从娇娇手里抢过马灯，举起来朝山路的绝壁下照去，三丈多深的绝壁下，趴着黑影子。"是吉喘大叔！"我哭叫起来，准备往下跳去。娇娇一把拽住了我，"跳不得！那边有路下去。"她温温地说。

我是跌跌撞撞地跟着队长娘子和娇娇从另一条更小的山径下到壁底的。娇娇从队长娘子手里接过马灯照住那趴在地上的黑影子。影子立刻不黑了，影子变成了吉喘大叔，我哭喊着扑上去，"吉喘大叔！吉喘大叔！"我拼命地喊着。

吉喘大叔怀里紧紧地搂抱着布口袋，在他躺倒的地方有好大一摊血。队长娘子蹲下身，把吉喘大叔的头抬起来，搁在她的大腿上。队长娘子没作声，我看见她的眼里有泪水，娇娇这时已哭出声来了。队长娘子对我说："不用哭了，现在得把他背回村去！村里有个专治跌打损伤的老中医，请他治治，说不定还来得及。"

我停止了呼叫哭喊，这里三人，就我是男子汉。虽然说吉喘大叔个子高大，我个子太弱小，但我拼命也要把他背回去。

时间就是生命，我二话不说，蹲下身，把吉喘大叔朝我背上拉。

队长娘子说：“菱角你不行，你太小了，我来。”不容我分辩答话，队长娘子推开我，把吉喘大叔背在身上了。我看见她站起身的那一刹，身子晃了晃，但终于站住了。

一个大个子的躯体压在她的肩背上，她是个女人啊，虽不说是娇小的，但也不是高大的。那时我的竹林村的婶子，一个女人家，咬着牙，把那一百五六十斤的大男人背着，摇摇晃晃，走七八里坎坷不平的山路。这需要多大的勇气，需要多强的意志。她是在拼命，为了救人，救一个与她并不太相干的人，她忍受了巨大的压力和痛苦，她一步一步地迈着她那好看的腿。我的竹林村的婶子哟，你黑夜山道背人的形象已经烙进了我的心田，使我终生难忘。我看见你的衫子湿透了，我看见你的头发耷拉下来，这都是汗水所冲的啊！你气喘吁吁，你迈步艰难，但你还是咬着牙走，后来我看见你的嘴唇都咬破了，出血了，我的好大婶。我一次次地求你，放下吉喘大叔歇歇吧，我来背，娇娇也求你歇歇，她来背。你只是哼了一声，朝我们瞪着眼，脚步仍在不停地移动，移动。你那颀长俊秀的身体中有多少力量？我估摸不透。娇娇提着马灯，抽泣着走在前面。我在队长娘子身边，扶着她背上的吉喘大叔。

天亮了，我们终于把吉喘大叔弄回到竹林村。队长娘子把血肉模糊的吉喘大叔放在我睡过的竹床上，她自己却一屁股坐在地上，累瘫了，她不断地呼气，丰满的胸脯不断地起伏着。她喊：“娇娇，快去喊寿昌爷来！”娇娇连忙出门去了，她仍坐在地上，伏在竹床边呼气。

我把她扶起来，喊道：“婶子，多亏了你呀，我一辈子也忘不了你。”

她站起身，用手拢了拢耷拉到脸颊上的头发，朝我疲惫地笑笑，“傻孩子，这有么事呢，救人要紧。”

寿昌爷急急忙忙地来了，我一看，这不是昨天那个坐在独脚凳上放牛吃秧的老人么！

寿昌爷进屋后趋朝吉喘大叔躺着的竹床，没有理会我们。娇娇打来了水，绞了湿毛巾递过去。寿昌爷把吉喘大叔的脸擦净了，再把其他地方的血迹擦了擦。寿昌爷摸了摸吉喘大叔的心窝，然后把吉喘大叔翻过身来，做了半天的推拿。半个时辰过去了，在我们紧张的等待中，吉喘大叔呼了一口悠悠的气，竟然睁开眼醒过来。

吉喘大叔睁开眼后，看到我们站在身边，嘴唇动了动，朝队长娘子寿昌爷和娇娇感激地笑了一笑。吉喘大叔说话了，声音小得听不清楚，我把耳朵贴在他的嘴唇，我听到断断续续的声音：

“菱角，秧要扯扯回去快点插插下去……布袋子交给队……长，你莫……莫……走西南方……向了……”吉喘大叔又闭上了眼。

我这时才想起了白云庵老婆婆的预言，我这时才明白吉喘大叔为什么不要我跟他一块走西南方向的路。原来他是想逢凶让他一个人逢去，他要留下我。

“吉喘大叔！”我趴在吉喘大叔的身边哭起来。寿昌爷这时对队长娘子悄悄说：“怕是希望不大了，内脏破裂……”

我立刻跪在寿昌爷的跟前，我求他：“寿昌爷，你一定救救他呀，救救吉喘大叔呀！寿昌爷，我求求你了。”

寿昌大爷扶起我，擦干我脸上的眼泪，摇了摇头。

这时，太阳已经出来了，一缕阳光照在吉喘大叔的脸上，我看见吉喘大叔的大脸盘在阳光中显得庄重而神圣。

门口有人问道：“请问这是队长家里吗？”

娇娇的声音在答：“是的，有么事吗？”

来人说：“我们是找秧的。昨天在西南山里转了一天，一根秧也没找到。把你们队的秧卖给我们吧！”

娇娇干脆的声音：“不行，我们的秧已经有人买了，马上就有人来扯的，你们再另找地方去寻吧！”

来人叹叹气：“早点来就好了，走吧！”脚步声远去了。

这时躺在竹床上的吉喘大叔吐了一口长气，脑袋突然一歪，歪到枕下了。寿昌爷伸手朝吉喘大叔胸口一摸，就老泪纵横地宣布："已经断气了。"

这时，太阳已经出得一竿子高了，村里有炊烟升起，正是做早饭的时候。

我趴在吉喘大叔身上放声大哭，我不知道我哪来的那么多眼泪。这是我一辈子最痛快地哭的一次，是我流眼泪最多的一次。以后我再也没有那样哭过了。去年，我娘在五十七岁时去世，我回乡下奔丧，我只流泪，也没像吉喘大叔死时那般哭过。

队长娘子也哭了，哭得伤心。娇娇见我哭得可怜，就拉着我的膀子，陪着我哭。

门外有闹嚷嚷的人声。我在眼泪中，看到队长韩瘌痢，还有我娘、春桃、妹妹大欢以及全队的男女老少，他们来了，他们连夜赶来的，他们是来扯秧运秧的。

吉喘大叔的妻子也来了，她当场昏倒了。

我见了这么多亲人，我哭得更伤心更酣畅了。我越哭得伤心，娇娇把我的膀子抱着越紧。

我看见春桃一边流泪，一边用大眼睛瞪着娇娇，她有些不高兴。

我的这篇东西必须要结尾了。这里再交代几句。

秧从竹林村运回河东后，很快就插下去了。由于被大水泡过的田肥沃，秋后是一个少有的丰年。

那年，我被评为五好社员，公社有线广播还表扬了我，说我在抗灾夺丰收的战斗中有功。我得了个搪瓷脸盆奖品。

吉喘大叔的坟埋在他的小女儿珍妹旁边，他们父女俩在一起了。

若干年后，我离开了乡村，没有再与河西山地联系了。我经常走西南方向的路，没遇到过什么风险。

刘益善主要著作目录

长篇小说：

1. 染血的牛笛．武汉：湖北少儿出版社，1991.

2. 受贿的女人．武汉：今古传奇，1994（2）.

3. 警惕，白色毒魔．珠海：珠海出版社，1995.

小说集：

1. 母亲湖．北京：中国文学出版社，1994.

2. 东天一朵云．武汉：长江文艺出版社，2013.

3. 刘益善文集③・小说卷．武汉：武汉大学出版社，2016.

诗集：

1. 我忆念的山村．武汉：长江文艺出版社，1984.

2. 雨中玫瑰．武汉：长江文艺出版社，1988.

3. 情在黄昏. 桂林：漓江出版社，1992.

4. 飞在天上的人字. 郑州：海燕出版社，1993.

5. 三色土. 武汉：长江文艺出版社，2004.

6. 向警予之歌. 武汉：武汉出版社，2008.

7. 刘益善文集①·诗歌卷. 武汉：武汉大学出版社，2016.

散文随笔集：

1. 玛瑙石. 郑州：文心出版社，1991.

2. 红帽子黄帽子. 武汉：武汉出版社，2002.

3. 野菊花. 武汉：湖北少儿出版社，2004.

4. 秋林集. 北京：地震出版社，2012.

5. 有鸟相伴. 北京：地震出版社，2014.

6. 六书坊：作家在左编辑在右. 武汉：武汉大学出版社，2015.

7. 刘益善文集②·散文卷. 武汉：武汉大学出版社，2016.

纪实文学：

1. 万元户大世界（与徐世立合著）. 南京：江苏文艺出版社，1990.

2. 窑工虎将：徐海东将军在鄂豫皖（楚天将星）. 武汉：湖北人民出版社，1993.

3. 迷失的魂灵. 北京：群众出版社，1998.

4. 老汉口奇案（与范文琼合著）. 北京：群众出版社，2003.

5. 吸毒者. 北京：中国城市出版社，2009.

6. 刘益善自选集. 武汉，长江文艺出版社，2010.